김민영 학교보다 학교가는 길을 좋아해서 선생이 되었다.
집에 돌아오면 무언가를 읽거나 가만히 누워 시간을
보낸다. 오고가는 길 위에서 떠오른 몇 개의 장면들로
이 책을 썼다. 써야할 곳과 기대 앉을 곳을 분별하는
사람이 되기를, 헐겁고 희미한 시간들을 그럭저럭
견디는 사람이 되기를 희망하고 있다.

KB041020

농담과 그림자
Jokes and Shadows

—

김민영

시간의흐름。

때론,

농담은 침묵보다 가혹하다.

골목 끝에서 파랗게

그림자가 차오른다.

일러두기

- 단행본은 『 』, 잡지는 《 》, 신문과 시, 논문은 「 」로, 영화와 곡명,
  작품명은 〈 〉로 표시했다.
- 외래어 표기는 국립국어원 외래어표기법에 따랐으며
  관례로 굳어진 것과 입말이 더 많이 쓰이는 경우는 예외로 두었다.

차례

공단 일기

차량기지 바깥으로 안개가 차올랐다. 기지 외벽 모서리들이 옅은 안개에 잠겼고, 선로 위 열차들의 경계선이 연무 속에서 흔들렸다. 새벽빛이 기지 뒤편을 비출 때 낮게 자리 잡은 도시의 능선이 희미하게 솟아났다. 안개에 반쯤 삼켜진 채 기지는 서서히 깨어나고 있었다. 새벽의 기지는 조용하고 정확하게 분주했다. 푸른 안개를 뚫고 나타난 정비공들의 실루엣이 차량기지를 향해 바쁜 걸음을 옮겼다. 대수선을 마친 전동차가 차량 공장으로부터 회송되었고 밤새 검수를 마치고 주박 되어 있던 열차들이 오늘의 운행을 준비하고 있었다. A시로 향하는 그날의 첫 열차는 새벽 5시 43분에 발차했다.

　　열차의 종착역은 공장 지대와 연결되어 있었다. 역사 앞 버스 환승 센터는 출근 버스를 기다리는 노동자들로 아침마다 붐볐다. 버스는 배차 간격이 길었다. 버스가 멈춰 서기 전부터 앞문 주변으로 사람들이 몰렸고, 밀치고 부대끼는 승객들 사이로 검은 매연이 피어올랐다. 도심으로 진입하는 차량과 공단 방향 출근 차량이 뒤엉켜 역사 앞 왕복 8차선 도로는 상습적으로 정체되었다. 출근 시간 동안 증편된 열차가 5분에 한 번씩 사람들을 토해냈고 버스는 간신히 승객 수요를 감당했다. 적록의 신호를 따라 더디게 나아가는 행렬의 병목 위로 찬 안개가 포개졌다. 시 교통과와 운수회사는 5년째 배차를 늘리지 않았다.

겨울이 시작될 무렵 스물두 살의 나는 페인트와 화학제품을 주력으로 하는 다국적 기업의 한국 공장에 임시직으로 입사했다. 분체도료 생산 라인에 투입되어 하루 8시간씩 컨베이어 벨트 위로 밀려오는 포장 용기에 분말 페인트를 담아 포장했다. 규정 무게에 맞추어 비닐 포장된 박스에 도료를 담은 뒤 라인 앞에 있는 팔레트 위에 쌓는 것이 나의 주요 업무였다. 한 층에 아홉 개씩 삼 층으로 쌓인 박스는 반듯한 정육면체 모양이었다. 스물일곱 개의 박스를 다 쌓고 나면 지게차로 팔레트를 들어 배송 창고로 옮겼다. 나와 같은 일을 하는 생산 라인은 모두 열두 개였다. 나란히 선 열두 개의 라인마다 포장하는 도료의 색상이 조금씩 달랐다. 용도와 특성에 따라 알파벳 여러 개가 조합된 제품 코드가 부여되었고 생산 반장과 이따금 라인을 방문하는 사무직 직원들만 그 코드를 구분할 줄 알았다.

나는 운전면허가 없었고 지게차를 몰지 못했다. 컨베이어 벨트는 자주 오작동을 일으켰다. 기계를 다룰 줄 모르는 나는 벨트가 멈추거나 지게차가 필요할 때마다 옆 라인으로 뛰어가 도움을 청했다. 일과 중에는 대부분 혼자 일을 했고 공장에 있는 동안 다른 직원들의 대화에 말을 얹거나 끼어들지 않았다. 공장에서는 매일 아침 8시에 직원들에게 식사를 제공했다. 아침을 먹기 위해 대부분의 직원들은 일찍 출근했다. 아침 식사 후 탈의실에서 작업복으로 갈아입고 나면 곧 일과가 시작됐다. 오전과 오후에 한 번씩의 휴식 시간이 있었고 그 외에 정해진 휴식 시간은 없었다. 화장실에 잠깐 다녀오는 동안에도 컨베이어 벨트는 작동했다. 공장에 들어온 지 삼 주가 지났을 무렵 나는 기계를 켜고 끌 줄 알았고 지게차를 능숙하게 몰았다.

"일은 할 만하지?"

생산 반장이 내 옆에 쪼그려 앉으며 말했다. 점심 식사 후 휴식 시간. 정문 밖 담벼락 아래 그늘에 앉아 나는 담배를 피우고 있었다. 반장이 담배를 꺼내 물었다.

"네, 뭐……"

반장을 보고 엉거주춤 일어나려다 말고 대답했다.

"전에 했던 데보다 좋아요. 아침밥도 주고 쉬는 시간에 간식도 주고."

나와 반장은 한동안 말없이 담배를 피웠다.

"전엔 어디서 했어?"

나란히 앉은 반장이 건너편 공장에 시선을 고정한 채 물었다. 담배 연기가 꼬리를 길게 끌며 허공으로 흩어졌다.

"그냥 여기저기서 했어요. 기계 공장에도 가고, 자동차 공장도 가고, 샷시 공장도 가고. 다 여기보다 별로였어요. 여긴 외국 회사라 그런지 좀 낫네요."

다 피운 담배를 바닥에 비벼 끄며 내가 말했다.

"다음 달 말까지만 일한다며?"

반장이 새 담배에 불을 붙이며 물었다.

"네, 복학해야 돼가지고."

반장은 더 이상 물어보지 않고 말없이 담배를 피웠다. 나는 더 피우지 않았다.

나는 서울 소재의 사립대학에 휴학 중이었다. 1학년을 마친 뒤 입대했고, 제대 후 복학을 앞두고 있었다. 지난여름, 말년 휴가를 나온 나는 아르바이트 면접을 봤다. 제대를 이틀 남겨둔 날이었고 제대 바로 다음 날부터 A역사 근처 피씨방에서 일을 시작했다. 이용 요금을 계산하고, 밤을 새워 게임을 하는 손님 앞에 컵라면을 끓여 가져다주는 게 업무의 대부분이었다. 주말이면 이주노동자들로 만석을 이루었는데, 대부분 고향의 가족들과 화상 채팅이나 영상 통화를 하러 온 손님들이었다. 외국인 손님들은 자신보다 어린 나를 형님이라고 불렀다. 형님이 한국인 성인 남성을 부르는 그들만의 일반 호칭이었다는 것을 나는 몇 번의 주말을 겪으며 이해했다.

피씨방 사장은 자수성가형 인물이었는데, A역사 근처에만 피씨방 세 개를 운영하고 있었다. 사장은 새로 직원을 고용할 때 근로계약서를 쓰지 않았고, 간판불을 늦게 켰다는 이유로 직원들의 월급을 깎았다. 일을 시작한 뒤 나는 곧 공장에 가고 싶어졌다. 적어도 여기보다 돈은 더 받을 수 있을 것 같았다. 사장은 내가 일을 그만둔 지 한 달이 지나도록 급여를 정산하지 않았다. 나는 지역노동청에 임금 체불 진정서를 냈고 끈질기게 피씨방을 찾아가 정산을 요구했다. 그만둔 직원들 중 급여를 정산 받은 사람은 내가 유일했다.

피씨방을 그만둔 뒤 나는 인력사무소를 찾았다. 사무소 사장은 당장 자리가 없으니 당분간 다른 데서 일을 해야 한다고 말했다. 이후 며칠 동안 나는 가구를 나르거나, 섬유 공장 외벽을 청소하거나, PCB 기판을 조립했다. 매일 아침 사무소 사장은 승합차로 사람들을 실어 날랐다. 승합차에 탄 사람들의 나이와 국적이 다양했고 이동 중에 서로 대화하지 않았다. 차가 멈출 때마다 사장이 두세 명씩 이름을 불렀다. 이름이 불린 사람들이 차에서 내렸고 내린 곳이 그날의 일터였다. 운전을 하는 동안 사장의 휴대전화가 쉴 새 없이 울렸다.

"아니, 편찮으시더라도 살아 계셔야죠. 그래도 아버지가 살아 계셔야 자식들이 힘 받고 밖에 나가서 큰일 하는 거예요."

사장이 전화에 대고 말했다. 사장은 자신이 하는 일을 큰일이라고 했다.

낮 시간에도 공단의 좁은 골목들은 조용했다. 예고 없이 울리는 금속성 소음과 지게차의 후진 경고음만이 적막으로 가라앉은 골목을 떠다녔다. 날카롭고 가벼운 소리의 끝에서 적막은 늘 새롭게 채워졌다. 골목을 따라 줄지어 늘어선 공장 건물들이 골목 바닥에 촘촘한 그림자를 만들었고, 그림자가 깔린 골목 위로 길고양이 몇 마리와 화물차들이 지나갔다. 가파르게 솟은 콘크리트 벽면 꼭대기에서 그림자는 쏟아지듯 바닥으로 내려앉았다. 해가 드는 시간이 짧아 그림자는 길고 깊게 고였다. 골목은 빈 섬을 닮아 있었다. 방치된 보도블록 틈바구니마다 잡초가 무성하게 자라났다.

삼 주 전, 공장에 처음 들어섰을 때 내가 느낀 감정은 일종의 편안함이었다. 어릴 적부터 보아온 익숙한 작업복 차림과 모습들. 새로운 장소에 발을 들여놓을 때의 긴장감이나 낯선 사람들과 말을 섞을 때의 어색함보다 느슨하고 무신경한 편안함이 먼저 나의 마음에 밀려왔다. 출근 첫날 시내버스에서 내려 공장이 있는 골목으로 접어드는 순간부터 나는 이 골목이 마음에 들었다. 작업량이 적어 시간이 남을 때면 밖으로 나와 골목을 잠깐 걷거나 담 밑에 가만히 앉아 있었다. 골목을 가득 채운 그림자 안에서 나는 편안했다. 뭔가 애쓰지 않아도 되는, 모든 것이 조금씩은 헐거워진 듯한 그런 종류의 편안함이었다. 빛이 사위고 어둠이 그림자를 삼킨 후에야 나는 퇴근했다. 다음 달까지 꽉 채워서 일하면 한 학기 등록금은 그럭저럭 해결이 될 것 같다고 A역사로 향하는 버스에서 생각했다.

A시는 바다와 가까웠다. 과거부터 일조량이 풍부하고 강수량이 적어 염전이 성업하였고 해안도시와 내륙을 잇는 협궤열차의 주요한 통과 기점이었다. 70년대

말 A시에 산업 단지 조성 계획이 수립되었다. 서울과 수도권에 산재해 있던 중소 규모의 공장들 중 용도 지역 위반 공장을 우선으로 하여 금속, 화학, 섬유를 주력으로 하는 1,000여 개 공장들이 십여 년에 걸쳐 이전, 수용되었다. 새로 이전한 공장들의 대부분은 대기업의 하청 업체이거나, 하청 업체의 하청 업체였다. 공단 주변으로 가장 먼저 접대와 영업을 위한 유흥업소 밀집 지역이 형성되었고 비가 오는 밤이면 매캐한 냄새가 공단 주변 하늘을 뒤덮었다.

열두 살 무렵 나는 부모를 따라 A시로 이주했다. 서울에서 태어난 나는 초등학교 입학과 함께 도 경계선과 맞닿은 작은 읍 소재지로 이사했고, A시로 이주하기 전의 몇 년간을 그곳에서 보냈다. 차 한 대가 겨우 지나갈 정도의 좁은 포장도로를 따라 사십 분쯤 걸리는 길이 나의 통학로였다. 학교로 향하는 길은 드넓은 곡창지대의 가장자리를 둘러싸며 완만한 곡선으로 뻗어 있었는데, 바람이 불 때마다 벼들이 서로의 잎과 줄기를 맞비비며 내는 부산스런 소리를 나는 좋아했다. 계절이 여러 번 바뀌는 동안 나는 길 위에 자주 멈춰 서서 들판을 구경했다.

나의 아버지는 함석을 가공해 공조 구조물을 만드는 기술자였다. 십대 때 일을 시작한 이후로 처음 자신의 사업체를 꾸려 지방으로 내려온 터였다. 호기로운 시작과 달리 사업은 순탄하지 못했고 모든 사업을 정리한 뒤 맨몸이 되어 A시로 이주한 건 지방에 내려간 지 불과 5년 만이었다. 내 가족이 자리 잡은 곳은 A시에서도 외곽이었다. 나는 그곳에서 중학교를 졸업한 뒤 구도심지의 한 고등학교에 진학했다.

내가 다니던 고등학교는 이주노동자 밀집 지역의 한가운데였다. 방과 후가 되면 나는 친구들과 거리를 쏘다녔다. 외국어로 쓰인 간판들에 불이 켜지고 밤이 깊어지도록 나는 친구들과 골목을 헤집으며 떠들고 취했다. 중학교와 고등학교를 함께 다닌 친구들은 나와 삶의 색깔이 비슷했다. 다세대 주택 옥상과 놀이터와 공원의 공터에서 나는 누군가가 사 온 술을 마시고 취했는데, 취한 내 눈으로 골목의 희고 노란 불빛들이 몽롱하게 비쳤고, 밤공기에 섞인 사람들의 달고 누린 숨 냄새가 몽롱한 의식 속으로 스몄다. 아침이면 중국의 어느 지명에서 그 이름을 따왔다는 푸른 맥주병들이 골목 모퉁이마다 뒹굴었고, 아침의 햇빛을 튕겨내며 팽팽하게 빛나는 골목을 걸어 나는 등교했다. 밤과 골목과 친구들 사이에서 나는 많이 웃고 오래 떠들었다.

가끔 돈이 필요할 때면 수업을 마친 뒤 A역사를 찾았다. 역사 한구석엔 창문에 '인력'이라 쓰여 있는 컨테이너 박스가 있었다. 나는 그 앞에 쪼그리고 앉아 친구들과 함께 승합차를 기다렸다. 야간 용역은 일당이 높았다. 겨울이면 컨테이너 앞마당에 드럼통 두어 개가 놓였는데, 드럼통 주위를 둘러선 사내들이 쪼개지고 버려진 각목을 주워와 불을 질렀다. 저녁 어스름 속으로 날아가는 불티들의 궤적을 눈으로 좇으며 나는 낯선 온기 너머에 있을 공단의 풍경을 생각했다. 이윽고 차가 도착하고, 차에서 내린 중년 남자가 손가락으로 숫자를 만들며 소리를 질렀다. 서둘러 차에 올라 어딘가로 실려 가는 동안 사람들의 얼굴 위로 공단 도로의 주황색 가로등 불빛이 얼룩졌다.

휴식 시간이 되면 직원들은 삼삼오오로 모여 간식을 먹었다. 치솟는 부동산 가격을 성토하며 대통령의 사상이 불온해서 그런 것이라는 말과, 국내 휴대폰 제조업체 중에 어느 회사의 휴대폰 벨소리가 가장 큰지에 대한 말이 빵과 우유를 삼키는 사이마다 흘러나왔다. 두서없이 섞였다가 흩어지는 말들은 내게 불가해한 언어처럼 느껴졌다. 말을 늘어놓는 직원들의 얼굴엔 일상의 무의미를 수용한 사람만의 안락함이 묻어 있었는데, 내게 공장은 끝내 섞여들 수 없는 일상 아닌 일상이었다.

직원들의 대화 자리에 더 이상 끼지 않게 된 무렵부터 나는 휴식 시간마다 공장 안 이곳저곳을 둘러보거나 골목을 걸었다. 공장 건물 천장에 설치된 호이스트가 화물을 운반하는 모습을 지켜보거나, 정문 밖 담장 아래에 앉아 건너편 공장 안을 상상하거나, 작업복을 입고 무표정한 얼굴로 지나가는 사람들을 구경했다. 공

장의 안팎에서 때 아닌 익숙함을 느끼곤 했는데, 그것
은 아마 끝내 익숙해질 수 없는 것들을 바라보는 익숙
함일 것이라고 나는 생각했다.

맹렬했던 추위가 점차 누그러질 때쯤 나는 퇴사했
다. 마지막 날 쉬는 시간에도 나는 골목에 앉아 있었다.
맞은편 공장의 콘크리트 담장을 바라보며 곧 돌아가게
될 학교의 언덕을 떠올렸다. 집에서 서울의 학교까지는
버스와 지하철과 또다시 버스를 거치는 두 시간 반 거
리였는데, 길고 지루한 통학 시간보다 교정과 강의실에
서 보내야 했던 시간들이 나에겐 더 어려웠다. 강의를
듣고 학생 식당에서 밥을 먹고 신입생 환영회 자리에서
선배들이 따라준 술을 마시는 동안, 나는 말이 끊어지
는 빈자리마다 표정을 잃었고 불현듯 넓어진 세상의 이
질감을 낯설어했다.

버스와 지하철과 버스에서 나는 처음으로 나의 자
리에 대해 생각하기 시작했다. 있어야 할 곳과 있는 곳
의 차이가 구분되지 않아서 혼란스러웠고, 이 혼란 속
어딘가에 내 자리가 있을 것이라고 나는 생각했다. 나
를 돌아보는 일과 넓어진 세상의 저편을 바라보는 일이
서로 다르지 않아 스스로를 이해하려는 만큼 세상을 오
해해야만 했는데, 이해와 오해가 서로의 자리를 넘나드
는 혼돈 속에서 마주 오는 현재를 살아내는 일은 늘 버
겁고 힘에 부쳤다. 버스와 지하철과 버스를 통과하며

나의 삶은 간신히 나아가고 있었고, 세상의 진폭이 한 뼘씩 넓어지는 동안 문득문득 고독함을 느꼈다. 세상이 넓어지는 만큼 외로울 수 있다는 사실을 그때의 나는 알지 못했다.

공장을 떠나며 나는 남아 있을 직원들에게 별다른 인사를 하지 않았다. 내가 근무하던 두 달 동안 끊임없이 누군가가 새로 들어왔고 딱 그만큼의 사람들이 공장을 떠났다. 나 또한 그들 중 하나일 뿐이라는 사실에 안도했다. 버스 정류장까지 배웅을 나온 생산 반장이 담배를 피웠다. 다 피운 담배꽁초를 아스팔트 위로 던지면서 반장은 "대학생……"이라고 중얼거렸다. 덤덤하고 건조한 배웅이었고 나는 그 상투성이 싫지 않았다. 버스가 도착할 때 반장과 짧게 인사했다. 공장 지대와 A역사를 순회하는 시내버스가 교차로를 향해 나아갔다.

연애와 농담

남자와 여자가 한 방에 있다. 남자는 창밖을 바라보고 있다. 창틀에 두 손을 짚고 서서 유리창 밖으로 캄캄한 허공을 바라보고 있다. 유리 표면에 얼굴이 닿을 만큼 바짝 붙어선 남자의 코끝이 차갑게 식었다.

"우린 이제 친한 사이야?"

맥주 캔 몇 개가 어질러진 테이블을 앞에 둔 채 남자의 등 뒤에 앉아 있던 여자가 물었다. 여자의 목소리에 술기운과 장난기가 스며 있다.

휴가를 내고 혼자 여행 중이었던 남자의 숙소에 여자가 찾아온 것은 며칠 전의 일이었다. 만난 지 얼마 되지 않은 시기의 갑작스런 방문이 조금 어색하기도 했지만 남자와 여자는 이내 익숙한 듯 함께 시간을 보냈고, 이날은 남자가 계획했던 여행의 마지막 날 밤이었다.

남자가 대답 대신 창틀에 얹어 두었던 손을 거두어 주머니에 넣었다. 장난처럼 묻는 여자의 말 가운데 장난이 아닌 것들이 섞여 있다는 것을, 남자와 여자 모두 어렴풋이 느끼고 있었다.

"우리가 친해지려면 해결해야 하는 중요한 문제가 있어."

돌아보지 않은 채로 남자가 대답한다. 남자의 시선은 여전히 창밖에 붙잡혀 있다. 예상 밖의 진지한 목소리에 여자의 얼굴에도 긴장이 감돈다.

"무슨 문제?"

가벼운 불안과 약간의 호기심이 담긴 목소리로 여

자가 묻는다.

"넌 농담을 몰라."

사람들은 연애 이야기를 좋아한다. 물론 당사자가 내가 아닌 경우에만. 대체 남의 연애 이야기를 좋아하는 이유가 무엇일지 P와 나는 사뭇 진지하게 고민해본 적이 있다. 연애 감정이 우리에게 가장 중요한 감정이라서, 라는 P의 얘기에 나는 꼭 그렇지는 않은 것 같다고 대답했다. 일단 모든 연애 이야기는 전부 새로운 이야기일 수밖에 없다는 점을 내가 지적하자 따지고 보면 디테일만 조금씩 다를 뿐 다들 거기서 거기다, 라는 반론이 이어졌다. 그 디테일이 재밌는 거 아닌가, 하는 의문 뒤로 사람들이 소위 막장 드라마를 보는 이유와 비슷한 거 아닐까 하는 질문이 뒤따랐다.

막장이라 욕하면서도 끝까지 보는 이유. 우연과 억지와 클리셰로 가득 찬 엉성한 설정과 진부한 대사들에 고통받으면서도 끝까지 참고 보는 이유. 적어도 착하고 선량한 주인공 커플이 해피엔딩에 이르는 모습 따윌 보고 싶어서는 아닐 거란 나의 말에 P가 순순히 동의했다. 오히려 그 반대. 저 못된 악인이 파멸에 이르는 모습을 보고 싶은 거라고. 그 모습을 기어코 보고야 말겠다는 생각으로 온갖 막장을 참고 견디고 있는 것이라고 우리는 소박한 결론을 내렸다.

사람들이 남의 연애 이야기에 기대하는 부분도 크

게 다르진 않을 것이다. 결국은 나와 모두가 가지고 있는 욕망. 그 욕망들이 부딪치고 어긋나고 맞물리는 모습을 보고 싶은 거라고. 각자의 욕망들이 그것의 보편에 기대어 통속과 신파를 넘나들며 서로에게 맞닿아 있는 거라고. 그래서 연애도 삶도 결국 통속과 신파의 어디쯤에 끼어 있는 것이라고. 나와 P의 대화는 예상대로 별다른 소득 없이 흐지부지 끝났다. 그리고 여전히 질문은 남아 있다. 대체 연애란 무엇인가.

연애가 무엇인지 대답하는 것은 당연히 불가능에 가깝다. 일단 하긴 하는데, 그게 뭐냐고 물어보면 딱히 할 말은 없. 하지만 동시에 기억의 한편에 남아 있는 몇 개의 장면들을 떠올리게 만드는. 좋고 싫고 부끄럽고 서운하고 미안하고 고마웠던 장면들. 그 파편과 조각들을 주섬주섬 그러모아 놓으면 과연 연애를 정의할 수 있게 되는 것일까.

과거란 기억 속 관념으로 존재하는 것이며 미래에 의해 끊임없이 재규정 되는 대상이라는 누군가의 말에 내 지난 연애를 떠올렸다. 많은 것이 변하거나 퇴색되었지만 그때의 시간이 내게 남긴 것은 아마도 커다란 질문들일 것이다. 지금을 있게 한 그런 수많은 질문들을 뒤로 한 채 어쨌거나 나는 연애와 농담에 대해 이야기하고 있다.

연인 사이의 농담은 적어도 두 가지의 쓸모로 나눌

수 있다.

우선, 가까워지기 위해서. 함께 웃기 위한. 즐겁고 유쾌한 대화를 위한 적절한 농담. 굳었던 분위기를 느슨하게 만들기도 하고 동시에 상대의 위트와 센스를 판단하게도 하는. 아직은 낯선 사이, 마주앉은 상대방의 취향과 성격, 지적 수준을 작은 디테일을 통해 섬세하게 감지해내고 그에 걸맞은 농담을 던질 때 두 사람 사이의 경계는 쉽게 허물어진다.

한편, 시간이 흘러 서로가 공유하고 있는 부분이 늘어갈수록 농담은 점점 더 많은 맥락을 생략하고서 성립할 수 있다. 서로에 대해 아는 만큼, 설명도 준비도 필요가 없다. 그럴 때의 농담은 남들은 모르는 우리만의 은어처럼 작동한다. 둘만의 비밀을 공유할 때 유대감과 친밀감을 느끼듯, 농담을 통해 서로의 거리는 보다 가까워진다.

두 번째, 멀어지기 위해서. 대답하고 싶지 않은 질문에 답해야 할 때, 대화의 방향을 다른 쪽으로 돌리고 싶을 때 농담은 하나의 방편이 되곤 한다. 상대방의 진지한 질문으로부터, 어쩌면 두 사람이 마주하고 있는 현실로부터, 아니면 언젠가 닥쳐오리라 예견되는 암울한 상황들로부터. 무언가를 회피하는 유효한 방법으로서 농담은 쓸모가 있다. 이 때의 농담은 대상과 나 사이의 거리를 멀찌감치 떨어뜨린다. 상황으로부터, 진지함으로부터, 상대의 마음으로부터.

또한 나의 의도나 견해, 소망과 바람, 판단과 집작, 불안이나 두려움을 상대에게 들키지 않기 위해서도 우리는 종종 농담을 이용한다. 상대의 마음을 슬쩍 엿보고 싶거나, 자칫 무거워질 수 있는 진지한 요청을 부담 없이 던지고 싶거나, 돌아올 대답이 두려워 자신을 미리 방어하고 싶을 때 우리는 농담을 한다. 불확실한 미래에 대한 가능성을 조심스레 담아 가볍고 무심하게. 눈치 채지 못한다면 다행이고, 눈치 챈다 해도 농담이라 우기고 넘어가면 그만이다. 농담이 품고 있는 가벼움 속으로 숨어들어간 채 바깥과 나 사이의 적당하고 안전한 거리를 확보한다.

정리하자면, 농담은 서로를 가깝게 만들기도, 멀어지게 만들기도 한다. 그래서 농담의 본질은 거리에 있다. 사람과 사람 사이, 혹은 사람과 상황 사이의 거리. 각자가 가진 마음의 모서리에 서로 긁히거나 상처받지 않도록, 또는 조금 더 윤활한 관계가 이루어지도록 서로를 매끄럽게 매만지는 거리. 물론 그 거리는 장난 또는 실없음으로 치부되는 농담의 가벼운 속성으로부터 기인한다. 가벼움으로 타인과의 거리를 채우거나 벌리면서 농담이라는 완충장치를 매개로 우리는 누군가를 만나고, 또 헤어진다.

사람 마음도 몰라주고 말이야, 라는 생각이 들 때면 곧바로 이런 생각을 덧붙인다. 마음은 원래 모르지. 아무래도 그렇다. 마음은 말 안 하면 모른다. 이렇게 생각하면 적어도 상대가 내 의도를 몰라준다고 서운해하거나 슬퍼하지는 않게 된다. 농담의 경우도 크게 다르지 않다. 농담이 매번 성공하는 것은 아니니까. 하지만 연인 사이의 농담은 조금 특별하다. 쿵짝이 맞지 않으면 아무래도 좀, 슬프다. 서로의 농담을 이해하지 못하는 연인이라니. 뭔가 부조리한 문장을 마주한 기분이다.

그까짓 농담이 뭐가 그리 중요하냐고 말하기엔 농담엔 너무나 많은 것들이 담겨 있다. 삶의 색깔과 세상을 바라보는 방식, 타인을 대하는 태도와 윤리와 규범에 이르기까지. 나이가 들어갈수록 내가 좋아하는 어떤 부분을 가진 사람보다는 내가 견딜 수 없는 어떤 부분이 없는 사람이 내게 더 좋은 상대라는 생각이 든다. 물론 내가 견딜 수 없는 부분들에는 상대방의 농담 취향도 포함되어 있을 것이다. 서로의 농담을 이해하지 못한다는 건 애초에 나와는 다른 종류의 사람이라는 뜻일 테니까.

연애나 결혼에 있어서 사람들이 중요하다고 말하는 현실적인 조건들이 사실은 중요하지 않을 수도 있다는, 그런 생각을 한 적도 있다. 아마 어떤 영화를 보고 나서 들었던 생각이었을 텐데, 영화가 끝난 후 자연스레 하나의 장면을 떠올렸던 것 같다. 영화 내용과는 그다지 상관없는, 왠지 모를 분위기에 이끌려 떠오른 상상 속 장면. 장면은 이렇다.

아침 해가 조금씩 밀려드는 조용한 집 안. 둘이 같

이 아침을 준비한다. 한 사람은 커피를 끓이고 나머지 한 사람은 간단한 식사를 준비한다. 그러고는 마주 앉는다. 마주 앉아서 조용히 아침을 먹는다. 이따금 가벼운 대화가 오가고 서로의 잔에 물을 채워주거나 커피를 덜어준다. 이런 장면이 가능하다면 나머지는 아무래도 괜찮을 것 같다, 라는 생각을 한 적이 있다. 고요하고 평화로운 일상을 잠시나마 함께할 수 있다면, 그 짧은 시간 동안 둘 모두가 편안한 기분을 공유할 수 있다면, 그렇다면 충분하지 않을까 하는 생각. 물론 안정되고 편안한 기분을 위해선 몇 가지 필요한 것들이 있다. 그리고 거기엔 역시 농담이 포함되어 있다.

사는 건 복잡하고, 연애는 어렵다. 언어는 불완전하고 나는 여전히 미숙하다. 미숙한 채로 살아가는 것도 벅찬 일인데 어려운 연애마저 해야 하고, 연애를 잘해보자니 우리의 언어는 부족하기만 하다. 하지만 어쩔 수 없다. 어쩔 수 없으니 받아들여야 한다. 그런대로 나아갈 수밖에 없다는 것. 여러가지 고민과 꼬리를 잇는 의문과 약간의 외로움을 안은 채로. 그저 계속해서 하는 수밖에 없다는 것. 그 과정에서 농담이 조금은 역할을 해줄지도 모른다. 순간의 심호흡처럼.

주말 오후, 낮잠에서 깨어난 남자가 침대에 누운 채로 전화를 건다. 신호가 가고 머지않아 여자가 대답한다.

"⋯⋯ 여보세요."

남자가 잠에서 덜 깬 목소리로 뭔가 몇 마디 말을 건넨다.

여자가 웃는다.

서로의 날들

밖에 나와 좀 걸었다.

일요일 오후 아직 해가 지지 않았을 즈음, 밖으로 나와 동네 이곳저곳을 걸을 때가 있다. 청소를 하고 물건들을 정리하고 세탁기를 돌려 빨래를 널고 좋아하는 향을 피워 놓고 말끔히 정리된 집 안을 잠시 만족스럽게 바라보다가 운동화에 발을 끼워 넣고 밖으로 나간다. 집 안 가득 무겁게 고여 있던 공기로부터, 모든 게 느긋하게만 움직이던 내 집의 리듬으로부터, 가볍지만 탁하고, 적당한 활기와 긴장으로 가득 찬 바깥으로 걸어 나간다.

걸으면서 본다. 횡단보도 건너편에 서 있는 사람들의 표정과 건물과 건물의 좁은 틈 사이로 보이는 풍경과 저무는 햇빛 아래 점멸하는 신호등 불빛과 그보다 더 밝게 빛나는 첨탑 위의 붉고 흰 십자가들, 꼬리를 물며 한 방향으로 달려가는 차들의 행렬과 손을 잡고 다정하게 걸어가는 두 사람의 뒷모습, 경계 없이 펼쳐진 하늘의 빛깔과 하늘을 구획하듯 허공을 가로지르는 전깃줄 같은 것들을 본다.

집 앞으로 난 좁은 골목을 지나면 번화가가 나왔고 식당과 술집, 노래주점과 카페들을 지나면 널찍한 주차장이 나왔다. 주차장 둘레를 따라 늘어선 식당에서 풍기는 기름진 냄새를 맡으며 걷다가 도로를 따라 주차장으로 진입하는 차들을 구경하기도 했다. 빌딩 틈바구니를 한 번 더 지나면 작은 광장이 나온다. 건너편 지하철

역으로 이어진 지하도 입구에서 끊임없이 사람들이 나타나고 사라졌다. 자전거를 탄 사람 몇몇이 지나쳐 갔고 나는 천천히 걸었다.

걸으면서 생각했다. 집 안에서도 밖에서도 나는 여전히 혼자였는데, 안에서의 나와 밖에서의 나는 어딘가 달랐다. 어디론가 향해 가는 낯선 사람들과 거칠게 달려가는 차들을 지나치며 한동안 걷다보면 나는 조금 더 완전하고 자족적인 사람이 되는 것만 같았다. 딱히 모자란 것도, 더 이상 필요한 것도 없다는 생각이 드는, 그저 지금 이 순간이 내게 충분하다는 생각. 내가 지금 이 자리에 그렇게 홀로 서 있다는 사실을 나를 지나쳐 가는 모든 사람들로부터 조금씩 주워 모아 깨달은 듯 길 위를 걷는 동안 나는 충만하게 혼자였다. 집 안에서 홀로 보낸 긴 시간보다 밖에 나와 사람들 사이를 걷는 짧은 시간 동안에 나를 더 분명하게 실감한다는 게 어딘가 이상하게 느껴지기도 했지만 혼자라는 것을 실감하는 그 순간만큼은 또렷하고 분명했다.

주말에 약속을 잡지 않기 시작한 건 얼마 전부터였다. 정확히는 내가 먼저 누군가에게 연락하질 않게 되었다고 하는 편이 맞을 것 같다. 물론 누군가 내게 전화해서 좀 보자고 한다면야 감사한 마음으로 나가 함께 시간을 보내겠지만 그런 연락이 없는 한 그저 가만히 집에서 시간을 보냈다. 집안일을 하거나 책을 읽거나 맥주를 마시면서.

　몇 해 전까지만 해도 출근하지 않는 주말 동안의 긴 시간을 나는 어색해했다. 어딘가에 가서 누군가를 만나고 먹고 마시고 떠들고 지칠 때까지 시간을 보내고 돌아오는 게 내가 주말을 견디는 방식이었다. 혼자 보내는 시간을 어려워했던 시기 동안 나는 갈증처럼 누군가를 만나고 또 만났다. 술에 취해 하나마나 한 얘기들을 늘어놓았고 쉽게 웃었고 울지는 않고 지키지도 못할 말을 주절거렸다. 그렇게 금세 증발해버린 말들의 빈 곳에서 눈앞의 긴 시간들을 겨우겨우 감당하고 있었다. 그것은 사실 시간 속에서 무언가를 조금씩 소모시키는 것에 가까웠다. 모래시계를 뒤집듯 이쪽에서 저쪽으로, 저쪽에서 이쪽으로 쏟아내고 비워내며 시간은 흐르고 있었다.

　주말을 혼자 보내기 시작하고 그 시간이 더 이상 어렵지도 괴롭지도 않게 되었을 무렵, 나는 내가 조금은 달라졌다고 생각했다. 이제 그렇게 되었구나, 하는 정도의 무감한 생각 뒤로 약간의 안도감이 밀려왔다. 그것은 한 시기가 완전히 지나가버린 뒤에야 문득 느낄 수 있는 무덤덤한 자각이었다. 어느 날 세상이 조금은 뭉툭해져버린 듯한, 그래서 세상도 나도 조금 더 느슨해질 수 있게 된 그런 종류의 자각. 그렇게 약속 없는 주말이면 해 지기 전에 밖에 나가 짧은 산책을 하거나 집 근처 마트에 갔다.

마트는 집에서 동쪽으로 10분 정도 거리에 있었다. 늦게 일어난 일요일. 아침 겸 점심을 대충 먹은 후 마트에 간다. 간단히 세수와 양치질을 하고 그때그때 편한 옷을 입고 이어폰을 챙기고 장바구니로 쓰는 나일론 백을 주머니에 접어 넣은 채 집을 나선다. 가는 동안 오피스텔 몇 개와 아파트 단지 두 개를 지나고 작은 하천 위로 놓인 다리를 건넌다. 이어폰을 꽂고 좋아하는 트랙을 재생시키고 어슬렁거리는 걸음으로 걷는다.

나는 마트에 가는 길을, 맑고 환한 날에 그 길을 걷는 것을 좋아했다. 봄과 가을에 선선하게 마른 공기를 느끼며 걸을 때도 좋았고, 쨍한 겨울날 투명하고 차가운 대기 속을 걷는 것도 좋았다. 그리고 특히 여름을 좋아했다. 아파트 단지 담장 위로 무성하게 뻗어 오른 가로수 아래를 걸을 때면 한여름 햇빛을 반사하며 진한 초록으로 빛나는 나뭇잎들이 달궈진 보도블럭 위로 어지러운 그림자를 만들었고, 그림자 사이에서 작고 동그랗게 빛나는 햇빛의 자국을 경쾌하게 밟으며 걸어가는 그 길을 나는 특별히 좋아했다. 어디를 보아도 흰 빛으로 가득 찬, 계절의 한가운데 같은 평온함을 아마 좋아했던 것 같다. 시간은 느리고 정확하게 흘러갔고 더딘 계절의 순환 사이로 뻗어나간 그 길을 걸어 마트에 갔다.

마트를 가득 채운 것은 생활의 냄새였다. 채소와 생선 코너에, 빵집과 반찬 가게에, 판매대와 진열대 곳곳에 생활은 짙게 배어 있었다. 사람들의 얼굴과 손가락과 옷깃에 그 냄새가 묻었고 이윽고 모든 사람들에게서, 그리고 내게서도 같은 냄새가 났다. 생활의 일부가 되어 서로는 구분되지 않았다. 마트에 함께 있던 사람들 모두가 서로의 풍경이 되어 있었고, 서로가 서로의 일상을 이루는 하나의 조각으로서 커다랗고 단단한 공동의 일상을 유지하고 있었다. 함께 있는 각자로서 마트는 내게 보통의 삶의 한편에 슬쩍 끼어들 수 있는 틈바구니 같았고 그렇게 끼어든 생활의 장면 속에서 나는 옅은 소속감을 느낄 수 있었다.

진열대 사이를 오가면서 누군가와 함께하는 일상에 대해서 생각했다. 마트에 가고, 집에 돌아와 사온 물건을 정리하고, 간단한 저녁을 만들어 함께 먹고, 함께 침대에서 잠이 드는 일상. 머릿속에서 한껏 윤색된 생활의 풍경들이 스치듯 지나가고 나면, 뒤이어 또 다른 장면들이 떠올랐다. 그다지 밝게 보이지는 않을, 평온한 일상으로 포장되지 않는, 그렇지만 분명히 존재하는 현실이며 어쩌면 삶의 대부분을 채우고 있을 그런 순간들. 함께였으나 각자일 수밖에 없는 순간들. 그런 장면들에 생각이 닿을 때면 마트를 가득 채운 사람들로부터 내가 조금 멀어지는 듯했고 보통의 삶이란 마치 저 멀리 닿을 수 없는 수평선처럼 요원하게 느껴졌다.

일찍 퇴근한 저녁이나 날씨가 좋은 휴일 오후엔 종종 자전거를 탄다. 집 근처 하천을 따라 자전거 도로가 있다. 도로는 내가 사는 도시를 세로로 나누며 남북으로 길게 뻗어 있다. 자전거에 올라 오른발을 페달에 얹고 힘을 주어 앞으로 나아가면 금세 속도가 붙었다. 운동을 하거나 산책을 하는 사람들을 지나쳐서 앞으로 앞으로 달리다 보면 작은 호수가 나왔다. 호수 가장자리로 단정한 갈대밭이 테를 두르고 있었고 그 안쪽으로 오목하게 고인 호수가 햇빛에 빛났다. 도로의 남단을 향해 달릴 때 하천은 내 왼쪽에서 흘렀는데 해 질 무렵 천변의 잡목들이 노을빛에 잠길 때면 붉게 물든 수면 위로 자전거를 타는 내 그림자가 길게 비쳤다.

처음 내 자전거가 생긴 건 열세 살 때였다. 학교가 끝나면 자전거가 있는 친구들은 끼리끼리 모여 어디론가 몰려가곤 했는데 나는 무리에 끼지 않고 늘 혼자서 자전거를 탔다. 좁은 포장도로를 따라 빠르게 달리면 자전거 바퀴에서 웅웅거리는 소리가 났고 그 소리가 듣기 좋아서 더 힘차게 페달을 밟았다. 시간이 굉장히 천천히 흐르던 시절이었고 생각해야만 하는 것들이 별로 없던 시절이었다. 집에서 멀리 떨어진 곳까지 한참을 타고 달리면 땀에 엉겨 붙은 날벌레와 먼지로 얼굴이 엉망이 되었는데 얼굴이야 어찌됐든 혼자서 이렇게 먼 거리를 달려왔다는 사실에 그저 좋은 기분이 되곤 했다. 그러던 어느 날 자전거를 도둑맞았고 그 이후로는 자전거를 타지 않았다.

다시 자전거를 타고 싶다고 생각한 건 직장 생활을

시작하고 반년쯤 지났을 무렵이었다. 출근길 차창 밖으로 보이는 풍경을 무심히 바라보다 문득 자전거가 타고 싶다는 생각이 들었다. 새로 자전거를 산 뒤엔 간단한 정비에 관해 이것저것 공부하기도 했다. 부품의 종류와 관리 요령, 각 부위의 작동 원리들을 하나씩 배워가는 동안 자전거가 가진 기능성과 기계적 아름다움을 조금씩 이해하고 깨달았다. 자전거를 가만히 보고 있으면 나의 힘과 무게가 여러 부품들을 통과하며 전달되고 흩어지는 과정이 머릿속에 그려졌다. 내 몸의 움직임이 자전거를 통해 지면으로 이어져서 나를 길 위로 나아가게 하는 그 순간이 새롭고 산뜻했다.

봄이나 가을이 되면 자전거를 자주 탔다. 퇴근을 하고 옷을 갈아입고 저녁을 적당히 먹은 뒤 자전거를 타러 나갔다. 라이트와 미등을 켜고 어스름이 깔린 빈 도로를 혼자서 달렸다. 달리는 동안에는 별다른 생각을 하지 않았다. 땅바닥의 질감이 바퀴를 거쳐 몸으로 전해오는 선명한 감각이 그저 좋았다. 달릴 때엔 시선을 먼 곳에 두었는데, 가깝고 먼 거리의 풍경들이 각기 다른 속도로 내게 다가와 다른 속도로 멀어지는 모습이 보기에 좋았다. 빠르게 흘러가는 가까운 풍경들을 뒤로 한 채 나는 먼 곳의 풍경을 향해 나아갔다.

발을 멈춘 채 미끄러지듯 앞으로 나아가면 바람이 내 몸을 가파르게 훑고 지나갔고 바람의 흐름과 대기의 질감을 섬세하게 감각하는 무수한 순간들이 눈앞으로 펼쳐졌다. 빠르게 달리는 자전거 위에 있으면 마치 새로운 시간 속으로 빨려드는 것만 같았고, 시간의 맨 앞에 서서 다가오는 새 시간들을 온몸으로 통과시키는 듯했다. 다른 누구와도 공유할 수 없는, 지극히 사적이고 고독한 감각의 시간들 속에서 말없이 힘차게 페달을 밟아나갔다. 그러는 동안 나는 천천히 가벼워졌다. 일상에서 마주하는 상념들과 그 안에 섞인 평범하거나 부끄러운 욕망들로부터.

　다수의 삶에 소속될 때 누릴 수 있는 편안함과 혼자일 때만 느낄 수 있는 충족감 사이에서 나는 늘 이리저리 헤매었다. 아마 그 둘 사이 어느 한 곳에 우리 각자의 자리가 있을 것이었고, 스스로가 선택한 각자의 자리에서 우리는 후회하거나 타협하는 것뿐인지도 모른다. 그러나 이토록 혼란스러운 시간 속에서도 이따금 삶이 단순하고 명료해지는 순간들이 있다. 만족감이나 충실감으로는 설명되지 않는, 일상의 날들이 오래도록 쌓이고 겹쳐진 그 위에 몇 가지의 우연 혹은 필연들이 맞물릴 때 아주 잠깐 빛을 내며 나타나는 그런 시간. 삶에서 벗어난 또 다른 삶의 시간. 그래, 지금 이 정도면 좋아, 라고 스스로의 삶을 통째로 긍정할 수 있는 잠깐의 순간.
　나는 적어도 그러한 순간이 모두에게 가능할 것이라고 조금은 기대하곤 한다. 서로의 일상이 서로에게 상처를 줄지라도, 그래서 '함께'보다는 '각자'가 우리의 보편에 좀 더 타당할지라도, 그럼에도 불구하고 우리를 함께하도록 만드는 무언가가 또 다른 보편으로서 우리의 삶 한편에 자리하고 있을 것이므로.

백색 섬광

만조를 향해 차오르는 바다 위로 새벽빛이 비쳤다. 바다와 하늘의 경계가 희미하게 드러나고 해안가의 거친 바위들이 수면 아래로 잠겨가는 시간 동안 새벽의 바다는 짙은 푸름 아래서 일렁거렸다. 먼 바다의 끝에서 붉고 흰 빛이 번져나갔고 낮과 밤이, 빛과 어둠이, 시작과 끝이 서로의 자리를 바꾸며 수면 위에서 뒤섞였다. 나는 푸른 새벽의 바다를, 스스로의 질서 속에서 의연하고 단정한 바다를, 조용히 지켜보고 있었다.

바닷가 마을은 남북방향으로 길게 뻗은 해안산맥의 동쪽으로 작게 웅크린 채 자리하고 있었다. 단조로운 모래 해안선을 따라 드문드문 펼쳐진 해안평야마다 사람들이 모여 소규모 항구를 이루었고 아직 해가 뜨지 않은 새벽의 어둠 속에서 나이 든 어부들이 출항을 준비했다. 뒤로는 산맥에 기대고 앞으로는 바다를 바라보며 사람들은 살아가고 있었다. 봄마다 거칠게 불어오는 해풍과 여름의 태풍을 조용히 견디며 바닷가 마을은 성실하고 묵묵하게 긴 시간을 버텨오고 있었다.

낮의 바다는 살아 있는 것 같았고,
밤의 바다는 삶을 삼킬 것 같았다.

나는 그 바다에서 겨울의 한동안을 보냈다. 바닷가에서의 생활은 단순했다. 해가 뜰 때쯤 침대에서 눈을 떴고 창문을 조금 열어두고 다시 이불 속으로 돌아와 한참 동안 파도 소리를 들었다. 침대에서 나와 식탁에 앉으면 커다란 창문 가득 바다가 보였고 해가 뜨는 바다를 멍하니 쳐다보면서 커피나 차를 마셨다. 침대에 누워 있거나 소파에 기대앉은 채로 오전을 보내고 나면 밖으로 나가 해안 도로를 따라 걸었다. 피로를 느낄 때쯤이면 숙소로 돌아와 샤워를 하고, 해가 지면 저녁식사와 함께 맥주를 마신 뒤 침대로 돌아가 잠이 들었다. 아무 일도 일어나지 않는, 아무 말도 할 필요 없는 하루하루가 그저 흘러가고 있었고 나는 그 느긋함과 무료함에 충실히 젖어든 채로 나른한 시간을 보내고 있었다.

바다는 오랫동안 보아도 지루하지 않았다. 해풍에 밀려 솟아오른 해수면이 주름진 굴곡의 정점에서 아래로 쏟아질 때마다 희고 풍성한 포말이 물결의 끝에서 부서졌다. 무작위로 뒤채며 뭍을 향해 몰려오는 파도의 생성과 소멸이 끊임없이 새로워서 나는 몇 시간이고 가만히 앉아 바다를 바라보았다. 해풍이 강하게 부는 아침이면 바위에 부딪친 파도의 머리 위로 흐릿한 물안개가 피어올랐고, 안개 속에서 부서진 파도의 잔해가 미처 사라지기도 전에 새로운 파도가 안개의 안쪽으로 밀려들었다. 배 위에서 보면 마치 육지처럼 보이는 먼 바다의 안개를 무제(霧堤)라고 불렀는데 눈앞의 바다를 가득 채운 안개의 몽롱함 속에서 나는 먼 바다의 신기루를 생각했다. 닿을 수 없는 원양의 파도 속으로 끌려가듯 나는 바다 앞에 앉아 있었다.

바닷가 마을의 습기 찬 골목들을 이리저리 걸어 다닐 때, 밤의 파도가 달빛에 부딪쳐 조각조각 빛나는 모양을 바라볼 때, 벌어진 시간의 작은 틈 사이마다 나는 학교에서의 날들을 생각했다. 떠나온 곳이자 돌아갈 곳. 바다를 거슬러 한참을 되돌아가야 닿을 수 있는 먼 육지의 그곳. 저만치 떨어져 있음에도 나의 의식의 한 구석에 가만히 붙들려 있는 곳. 학교의 기억들은 조용한 바닷가 마을의 이곳저곳에서 기척 없이 문득 솟아올랐다.

정신없이 밀려오던 3월의 분주함, 야근이 이어지던 날들의 피로, 해 질 무렵 복도 창문 밖으로 층층이 물드는 하늘, 그리고 나를 선생님이라 불렀던 열아홉 살 학생들의 이름과 얼굴들. 기억은 파도처럼 두서없이 밀려와 저마다의 선명한 자국을 남긴 채 멀어졌다. 겹쳐지고 맞물리는 기억의 자리마다 나는 한동안 멈춘 채 머물러 있었다.

어렵고, 부끄럽고, 애틋해서.

학생들이 모두 돌아가고 나면 학교는 심해처럼 가라앉았다. 저녁이 내려앉기 시작한 복도 위로 길게 늘어진 창문 그림자를 따라 걷거나, 교실 뒤편에 서서 비어 있는 책상들을 초점 없이 바라보는 잠깐의 시간들을 나는 좋아했다. 빈 학교는 일종의 흔적 같았고 부재

로써 환기되는 존재 증명 같았다. 이곳에 누군가 있었다, 라는 분명한 흔적. 낮 시간의 부푼 열기들이 저녁의 정적 속에서 식어가는 동안, 오히려 선명해진 흔적들이 학교를 채우고 있었다. 하루치의 소란을 견딘 학교가 선득한 밤 속으로 발을 밀어 넣을 때, 쌓여가는 시간의 더께 위로 하루의 순간들이 가만히 새겨졌다.

　　텅 빈 학교의 이곳저곳에서 나는 지나간 하루의 연약함이나 위태로움 같은 것들을 생각했다. 그러고 있으면 어딘가 조금씩 애틋해졌다. 언제든 부서질 수 있음에도 언제까지나 이어질 것처럼 학교의 일상과 하루는 매번 새롭게 모이고 또 흩어지고 있었다. 무감한 듯 흘러가는 하루 속에 너무나 많은 사람과 표정과 이야기가 있었고, 평범하거나 사소했던 그날의 장면들이 새삼스레 상냥해서 나는 자꾸만 애틋해졌다.

　　애틋해서 들여다볼수록 학교는 어려웠다. 학교가 안고 있는 문제가 어려웠고 학교 밖 세상의 문제가 어려웠고 학생 한 명 한 명이 마주하고 있는 문제들이 또 어려웠다. 누군가의 문제는 학교의 문제이자 세상의 문제였고, 구분되지 못한 채 이리저리 엉켜 있는 문제들의 난맥 앞에서 나는 더듬더듬 느리게 나아가야 했다. 나도 아이들도 학교도, 오늘보다 내일 더 나아질 거라는 막연한 기대를 얹은 채 간신히 한 발을 내딛는 동안 나는 자주 흔들렸고 쉽게 넘어지고 있었다.

　　그래서 나는 조금 부끄러웠다. 내가 할 수 있는 일

이, 내가 해줄 수 있는 일이 기대만큼 많지 않아서, 조금 더 능숙하거나 단단하지 못해서, 앞으로의 날들이 멀고 아득해서 부끄러웠다. 애틋하거나 어렵거나 부끄러운 채로 나는 여전히 헤매는 중이었다. 그럼에도 학교는 담담한 표정으로 자리를 지키고 있었다. 하나의 작은 가능태로서 아득한 앞날은 알 수 없지만 분명한 오늘이 있을 하루가 학교로 향하는 길 위로 이어지고 있었다.

마음이 무겁고 시끄러울 때, 나는 종종 학교 옥상을 찾았다. 학교 건물 뒤편으로 작은 야산이 하나 있었고 야산의 중턱으로 커다란 밤나무들이 높게 솟아 있었다. 옥상에 올라가 정면을 바라보면 넓게 트인 시야 아래 나무와 하늘이 가득했다. 나는 그곳에 서서 노을에 잠겨가는 숲을 바라보거나 느리게 흘러가는 구름의 이동을 눈으로 좇으며 시간을 보냈다. 봄에서 겨울로, 옥상의 풍경을 보며 나는 시간과 계절의 흐름을 체감했고, 그 풍경 속으로 무거운 생각들을 던져 넣었다.

바람이 많이 불던 날, 옥상에 서서 바람에 흔들리는 밤나무를 보는 동안 나는 바다를 생각했다. 나뭇잎들이 서로를 부딪치며 파도 소리를 냈고 바람에 휘청거리는 가지들이 물결처럼 일렁이고 있었다. 작은 밤나무 숲을 보면서 큰 바다를 떠올릴 때 멀리 있는 바다의 기억들이 가깝게 밀려왔고, 기억의 끝에서 옅은 물비린내가 났다. 바다에서 학교를 떠올리듯 학교에서 나는 바다를 향해 있었다.

　　바다를 마주할 때 내가 느끼는 것은 일종의 관능이었다. 바다가 품고 있는 아득한 원시성과 끝을 알 수 없는 시원의 깊이가 내겐 감당할 수 없는 감각으로 다가왔다. 그리고 그 관능의 바다에서 시간은 조금 다르게 흐르고 있었다. 시간의 흐름조차 의미를 잃어버릴 만큼의 길고 느린 시간. 학교에서 또는 어딘가에서 내가 부딪치고 깨지며 살아가던 그 순간에도 바다는 변함없이 푸르렀을 것이고 모두가 곤히 잠든 깊은 밤에도 파도는 그 자리에서 출렁이고 있었을 것이다. 바다를 보는 일은 그래서 좋았다. 바다가 견뎌온 까마득한 시간 앞에서 나의 지난 시간과 역사가 사소해지는 그 순간이 좋았다. 쫓기듯 살아온 학교의 시간들이 바다의 깊은 시간 속으로 천천히 가라앉을 동안 나는 조금씩 채워질 수 있었다.

　　바닷가 마을 뒤편 언덕으로 지금은 사용하지 않는 낡은 등대가 있었다. 등대 옆에 서면 완만하게 굽은 해안과 수평선이 내려다보였다. 과거의 언젠가, 저 멀리 수평선을 향해 등대의 불빛이 나아가면 해안선을 따라 바다를 건너는 배들이 등대의 흰 빛을 보며 항로를 결정했을 것이다. 캄캄한 바다를 사이에 두고 깜빡이는 작고 하얀 불빛. 등대 옆에서 나는 어둠을 뚫고 점멸하는 작은 불빛과 수많은 배들의 항해 경로를 떠올렸다. 언제나 같은 자리에서 빛나고 있는 그 불빛을 기준 삼아 배들은 스스로 자신의 위치와 방향을 찾았을 것이다.

학교에서 내가 해야 할 일도 결국 저 등대와 다르지 않을 것이라고 차가운 해풍을 맞으며 나는 생각했다. 방향을 정해주는 사람이 아니라 방향을 정할 수 있게 하는 사람. 하나의 기준이 되어 자신의 자리에 가만히 서 있는 사람. 말이 아닌 존재로 기억되는 사람. 언젠가 그런 사람이 될 수 있기를 어둠이 깔리는 바다를 바라보며 조용히 소망했다. 검푸른 바다가 어둠 속에서 흔들리고 있었다. 수평선 너머 어딘가에서 희미한 백색 섬광이 나를 향해 반짝였다.

숭고미
일상의
반복과

아침에 눈을 뜬다. 알람은 일곱 시다. 천천히 몸을 일으켜 머리맡의 벽에 등을 기댄다. 기댄 채로 한동안 앉아 있다. 리모컨을 들고 TV를 켜면 아침 뉴스가 흘러나온다. 하루 중 거의 유일하게 TV를 보는 시간이다. 본다기보다는 듣는 것에 가깝다. 이런 일이 있구나, 하는 마음으로 반쯤 졸면서 듣는다. 눈을 감고 등을 기댄 채로 조금씩 잠에서 깨어나길 기다린다. 아침의 피로는 깊고 촘촘하다.

화면 속에선 언제나 많은 일들이 일어나고 있었다. 대부분이 곧 잊히겠지만, 그중엔 더 이상 이전으로 돌아갈 수 없는 종류의 일도 있다는 것을 이제는 안다. 사소하게 주고받는 몇 마디의 말 사이에도 서로의 관계를 변화시키는 어떤 순간들이 있는 것처럼. 스쳐가는 사건들이 세상의 어딘가에 흔적을 남기고, 남겨진 흔적들이 쌓이고 이어져 오늘에서 내일로 나를 밀어내고 있을 것이었다. 눈에 띄지 않을 만큼 더디지만 무엇보다 확실하게. 그렇게 어제와 다를 것 없는 하루이면서 어제와 같을 수는 없는, 그런 하루가 다시 시작되고 있었다.

일기예보가 나올 때쯤에야 정신을 차린다. 몸을 일으켜 냉장고를 열고 물을 마신다. 몸은 여전히 무겁다. 화장실로 가서 샤워를 한다. 양치를 하고 몸을 씻고 머리를 감고 세수를 한 뒤 마지막으로 면도를 한다. 순서는 바뀌지 않는다. 사람마다 씻는 순서가 다르다는 이야기를 언젠가 들었을 때, 나는 문득 타인의 아침이 낯

57

설었다. 각자의 공간에서 서로 다른 순서로 맞이하고 있을 수많은 아침들. 매일매일 견고하게 반복되고 있을 아침의 개별성과 동시성이 새삼스러웠다. 씻고 나오면 머리를 말리고, 옷을 입고, 가방을 챙겨서 출근을 한다. 침대에서 눈을 뜨고 집을 나서기까지 평일 아침은 언제나 같다.

출근길의 시간은 무감하게 흘러간다. 출근하는 동안에도 그렇고 출근에 대해서도 별다른 생각은 하지 않는다. 시간에 맞춰 일어나고 일어나면 준비를 하고 학교로 간다. 좋을 일도 싫을 일도 아닌, 가서 할 일이 있고 갔으면 해야 할 일을 한다, 정도의 건조함으로. 적당한 피로와 절반 정도의 무기력과 나머지 절반 정도의 활기 속에서 간신히, 그렇지만 무탈하게 흘러갈 하루가 기다리는 곳으로 간다.

출근을 하면 일단 자리에 앉아 가방을 정리한 뒤 노트북을 열고 전원을 켠다. 켜고 나면 곧바로 자리에서 일어난다. 화면이 밝아지고 업무 메신저에 자동으로 로그인이 되고, 새로 도착한 업무 메시지 몇 개가 푸르게 빛나는 동안 커피를 끓인다. 그날의 기분에 따라 종류는 다르지만 어쨌거나 항상 커피를 마신다.

근무 시간 동안엔 당연하게도 일을 한다. 물론 적당히 한눈을 팔기도 하고 동료들과 틈틈이 농담과 한탄(?) 사이를 오가며 웃기도 한다. 나머지는 늘 비슷하다. 수업을 준비하고 수업을 하고, 행정 업무를 처리하고 상담이나 생활지도를 한다. 늘 같은 일이지만 항상 다른 일이기도 하다. 우리 반엔 언제나 나의 예상을 뛰어넘는 스물한 명의 학생들이 있다. 각자의 사정과 기분과 컨디션과 욕망을 가진 열아홉 살짜리 남녀 스물한 명. 그들은 항상 나의 예상 범위 밖에서 존재한다. 그들이 불쑥 사건을 일으킬 때마다 선생으로서 적절한 교육과 지도, 조언을 해줄 수 있다면 좋겠지만 대개의 경우는 잔소리와 치다꺼리, 뒷수습을 하면서 보낸다. 정돈되고 평온한 일상, 적당히 통제된 하루를 기대할 수 없다는 점에서 예상할 수 없음이 예상되는 일관된 하루가 그렇게 간다.

퇴근 후엔 집에서 시간을 보낸다. 약속을 잘 만들지 않는 편이다. 밖에서 적당히 저녁을 해결하거나 필요한 물건을 사야 하는 경우를 빼고는 대부분의 시간을 집에서 보낸다. 문을 열고 집 안으로 들어서는 순간 익숙한 냄새가 난다. 내 물건과 체취가 뒤섞인 생활의 냄새. 익숙하지만 매번 새로운 냄새. 집 안으로 들어오면 아침에 열어 둔 창문을 닫는다. 순간의 정적. 바깥 세계와의 단절로 완성되는 간결한 고립. 이제야 집에 돌아온 것 같다. 가끔 집 한구석에 멍하니 서 있을 때가 있다. 벽 한편에 어깨를 기대고 한참을 있는다. 그렇게 서서 방 안을 본다. 그러고 있으면 마치 남의 집을 구경하고 있는 기분이 든다. 그런 기분이 들면 사진을 찍어둔다. 별로 쓸모는 없다.

집에 오면 먼저 청소를 한다. 나는 청소를 무척 좋아한다. 물건들을 제자리에 정리하고 먼지를 닦고 바닥을 쓸어내는 조용한 시간. 특히 걸레질에 시간과 공을 들인다. 엎드린 채 바닥을 닦다보면 평소에 시선이 닿지 않던 낮은 곳에 작은 얼룩들이 보인다. 그런 순간이면 익숙했던 내 집이 잠시 새로워진다. 타인의 기억 속에 있는 내 모습을 본 것처럼. 내 기억에는 없지만 분명히 존재했을 어떤 순간들의 흔적. 손가락으로 얼룩을 닦아내면서 조금씩 느리게 나아간다. 시끄러운 생각들이 천천히 증발한다. 걸레질을 하고 나면 나도 뭔가 괜찮은 일을 할 수 있을 것만 같은 기분이 든다. 어디까지나 기분만 그렇다. 취미라고 말하긴 조금 민망하지만 어쨌거나 걸레질은 좋다.

청소를 하고나면 음악을 듣거나 책을 읽거나 그냥 가만히 앉아 있는다. 누군가 "뭐하고 있어?"라고 물으면 "응, 그냥 가만히 있어"라고 대답할 만반의 준비를 한 채로, 정말 그냥 가만히 있는다. 앉아 있는 동안엔 이것저것 쓸데없는 생각을 하거나 아무 생각도 안 한다. 무언가 생각을 한다 해도 달라지는 건 없기 때문에 아무 생각 없는 것과 별반 다르지 않다는 생각도 한다. 조용한 집 안에 가만히 앉은 채로 하루가 저문다. 나쁘지 않다.

직업이 적성에 맞지 않는다는 생각을 종종 한다. 좋은 선생이 되기엔 아무래도 부족한 게 많다. 그럼 어떤 일이 나한테 맞을지를 이어서 생각하게 되는데, 사람 적게 만나고 말 안 해도 되고 몸을 움직이는 일이라고 결론을 내렸다. 바다를 좋아하니까 부둣가나 항구에서 일하며 살아도 좋겠다 싶었다. 어찌됐건 지금 하는 일과 많이 다른 일이라는 건 분명했다. 적성과는 별개로 지금 하고 있는 일을 좀 더 잘하고 싶은 마음도 있다. 일을 열심히 하는 것이 아니라 어디까지나 잘 하고 싶은 마음. 이력이나 경력을 쌓고 싶다는 마음과는 분명히 다른, 겉으로는 잘 드러나지 않는 보다 본질적인 부분에서 깊이와 중심을 갖고 싶다는 마음.

눈을 감았다 뜨면 노인이 되어 있었으면 좋겠다는 생각을 한 적도 있다. 더 이상 뭔가를 이루거나 해낼 필요도 없고, 이미 인생의 대부분이 결정된 이후의 삶. 새로 무언가를 선택하거나 애쓰거나 기대하지 않아도 되는 삶. 그저 남은 시간을 가만히 보내기만 하면 되는. 천천히 소멸을 수용해가는 시간. 의무감도 부채감도 없고 후회나 불안한 예견도 없는. 나에게 남은 시간이 그런 시간이었으면 좋겠다는 생각을 한 적이 있다. 그리고 동시에 생각한다. 내가 가진 평범한 욕망들에 대해. 애정과 소속과 인정과 소유에 대해. 남다를 것 없는 범박하고 현세적인 욕망들, 그리고 욕망으로 인한 피로로부터 벗어나고 싶다는 또 다른 욕망에 대해.

은퇴하고 나면 조용한 바닷가 마을에 가서 살고 싶다는 생각도 한다. 버스 정류장 근처 동네 슈퍼 하나를 인수해서 계산대 뒤에 작고 오목한 내 자리를 만들고 하루 종일 지나가는 사람들 구경하고, 소설 좀 읽고 해질 때 바다도 보고 밤이 되면 집으로 걸어가는 슈퍼 할아버지로 살다가 죽는 것. 물론 그때까지 살아 있어야 가능한 일일뿐더러 이런 희망 따윈 얼마든지 바뀌곤 한다. 나는 늘 이랬다 저랬다 하는 편인데 과거의 내가 이랬다 저랬다 했던 흔적을 보면 너무 부끄러워서 어느 날인가부터 말을 아끼게 되었다. 겉으로 티 나지 않을 뿐이지 여전히 이랬다 저랬다 하기 때문에 별로 나아진 건 없다는 생각도 든다. 쓸데없이 이런 생각이나 하면서 멍하니 방 안에 앉아 있다. 아무 일도 하지 않았으므로 아무 일도 일어나지 않는다. 바깥의 사정과는 무관하게 적어도 내 방 안에서는 그렇다. 아무 일도 일어나지 않는다는 건 아무래도 좋은 일이다.

달리기를 시작했다. 일주일에 두세 번쯤, 퇴근을 하고 집에 돌아오자마자 옷을 갈아입고 집 근처 하천을 따라 달린다. 삼십 분 남짓 쉬지 않고 달리다 보면 숨이 턱까지 차오른다. 달리고 나서 한참을 주저앉아 숨을 고른다. 그렇게 반년쯤 지났다. 이젠 그럭저럭 달릴 만하다. 왜 달리기 시작했는지는 잘 모르겠다. 그저 문득 나가서 뛰어볼까 하는 생각이 들었고, 그래서 뛰기 시작했고 그날 이후로 여전히 달리고 있다. 어제도 뛰었으니까 오늘도 그냥 뛰어야겠다, 하는 정도의 마음으로 계속해서 달리고 있다.

　달리는 동안에는 혼자다. 길 위에 나만 덩그러니 있다. 대화를 나눌 사람도, 신경 써야 하는 사람도 없다. 아마 그래서 계속 달리는 게 아닐까 싶기도 하다. 달리는 동안 딱히 생각은 하지 않는다. 생각할 여유가 없다는 게 좀 더 정확하다. 대신 가만히 느낀다. 발을 딛는 땅바닥의 질감, 노을이 스민 구름의 모양, 세차게 뛰는 맥박, 조금씩 달라지는 계절의 모습을 느끼며 달리고 또 달린다. 조금 더 멀리. 조금 더 빠르게. 길 위로, 혹은 길 위를 흐르는 시간 속으로 몸을 밀어 넣은 채 한참을 달리고 나면 달려 나간 만큼 가까워진다. 가까워진 만큼 가벼워지고, 가벼워진 만큼 충만해진다.

　달리는 시간을 빼고 나면 나머지는 똑같다. 집에 돌아와 방바닥을 닦고, 가만히 앉거나 누워 있는다. 집 안 어딘가 작은 구석 하나를 정해두고 멍하니 그곳을 응시하기도 한다. 한곳을 오랫동안 바라보고 있으면 이내 초점이 흐려진다. 흐려진 채로 한참을 물끄러미 본다. 한곳만을 바라본다는 것은 아무것도 안 보는 것에 가깝다. 보고 있지만 보지는 않은 채 그렇게 시간을 보내다 지루해지면 책을 읽기도 한다. 침대 머리맡에 몇 권쯤 책이 있다. 이 책 저 책 들춰만 보다가 그냥 덮을 때도 있고 시간을 들여 읽을 때도 있다. 시시해 보이지만 실은 중요한 이야기들을 나는 좋아한다. 읽으면서 드는 생각이 있으면 어딘가에 적는다. 적어둔 걸 가끔씩 꺼내 읽어보면 무슨 소린지 알 수가 없다. 그러면 다시 책을 읽고, 읽으면서 또다시 딴생각을 한다.

읽고 쓰는 일이 달리기와 닮아 있다는 생각도 했다. 느리고 지루하고 가끔은 힘들기도 한 그런 일을 계속해서 반복하는 것. 당장은 아무 일도 일어나지 않지만 천천히 그러나 멈추지 않고 하고 또 하는 것. 그러다 문득 뒤를 돌아보면 어딘가 조금은 달라졌음을 발견하기도 하는 것. 읽고 쓰거나 달리거나. 참고 견뎌서 몸과 마음에 조금씩 무언가를 새기는 일. 나이가 들어가고 하고 싶은 일보다 해야 하는 일들이 많아지고 눈앞에 닥친 일들을 그런대로 해치우며 매일을 견디듯이. 웃지도 울지도 않고 하루를 살아가는 것.

읽거나 쓰다 보면 이제 잘 시간이다. 불을 끄고 이불 속으로 몸을 말아 넣는다. 나는 꿈을 많이 꾼다. 어떤 날은 몇 개의 꿈을 연달아 꾸기도 한다. 혼곤한 새벽의 시간 속에서 꿈들은 서로의 경계를 넘나든다. 꿈속에서만큼은 모든 일들이 필연이라고 느껴진다. 터무니없고 불가해한 꿈속의 사건들을 간단히 납득해 버리고는 잠에서 깬다. 꿈이 지나간 현실의 자리마다 희미한 여운이 남아 있다. 그런 아침이면 좀 더 짙은 피로감을 느낀다. 간밤에 꾼 꿈의 내용을 되새기며 머리맡의 벽에 기대앉는다. 눈은 감은 채로 TV를 켜고, 정신을 차리고, 물을 마시고. 여느 때와 같은.

　챗바퀴처럼 반복되는, 정도의 흔하고 관용적인 표현을 나는 좋아한다. 세상이 마치 거대한 챗바퀴이고 나는 그저 매일매일 그 바퀴만 돌리고 있으면 되는. 특별한 일도 일어나지 않고 극적인 변화도 없는 동그란 챗바퀴. 좋을 일도 나쁠 일도 없는 밋밋한 챗바퀴. 판에 박은 듯 어제와 비슷한 매일의 반복 속에서 나는 평화와 안전과 자족을 느낀다. 동굴처럼 비좁은 일상의 공간 안에서 나는 먹고 자고 일하고 눕는다. 그렇게 서서히 노쇠하길 바라고, 그 끝에 무언가가 있으리라 기대하지 않는다.

　일상은 단단한 것이다. 같은 시간을 살아가는 타인의 아침이 막연하고 낯설 만큼, 각자의 일상이란 견고한 것이다. 그러나 동시에 어느 날 불쑥 나타난 작은 균열 하나에 쉽게 무너지는 것이기도 하다. 별 다른 일 없이 반복되는 오늘이 내일로 이어지리라는 보장은 어디에도 없다. 너무나 단단해서 연약할 수밖에 없는 일상을 흔들림 없이 지키는 일은 그래서 필사적이고 절박한 일이다. 일단 챗바퀴에 올라 탄 이상 쉬지 않고 달려야만 하고 그것이 챗바퀴를 유지하는 유일한 방법일 뿐이다.

　"절망은 허망이다. 희망이 그런 것처럼." 루쉰은 말했다. 절망이든 희망이든 모두 허망한 것이라고. 이건 어딘가 조금 잔인한 농담처럼 들리기도 한다. 희망이 없는 대신 절망도 없다면 그러한 세계의 허망함 정도는 어떻게든 견딜 수 있을 거라고 나를 달래듯이 말해본다. 어떻게든 시간은 또 흘러갈 것이라는 막연한 낙관과 그럼에도 별로 나아질 건 없으리라는 비관 사이에서 그럭저럭 대충 살고 싶다고 말하는 한편으로 무언가에 전력을 다하는 삶.

일상에서 벗어나 크고 위대한 것을 추구하는 데서 오는 아름다움. 현실 세계를 초월해 도달할 수 없는 높은 경지에서 느끼는 아름다움. 숭고한 아름다움이란 이런 것이라고 한다. 내가 가진 미의식이 남다를 리 없겠지만 나는 매일매일 반복되는 일상과 그것의 허망함을 알면서도 지키고자 애쓰는 사람들에게서 숭고함을 느낀다. 나 혹은 누군가의 일상을 지켜낸다는 것은 도저히 도달할 수 없는 일처럼 보이고, 약하고 소중한 무언가를 지키는 것은 아무래도 크고 위대한 일이다. 언제나 각자의 숭고함이 안녕하기를.

밤이 늦었다. 내일은 월요일이다.

비자나무 숲과 810

한때 언어는 인간을 응시했다.
그러면 인간이 다시 언어를 응시했다.
오늘날 인간은 언어를 비스듬히 곁눈질한다.
– 막스 피카르트

비가 왔다.

비가 왔다, 라고 간단히 말할 수 없을 만큼 길고 끈
질긴 비였다. 이동을 멈춘 장마전선이 내륙과 해안을 넘
나들며 지루한 비를 뿌리고 있었다. 비가 오면 평소와는
다른 소리가 났다. 비 오는 아침, 복도를 울리던 웅성거
림 같은 어딘가 들뜨고 조금 더 부산한 소리. 축축한 세
상이 내는 소리를 듣고 있으면 세상이 조금씩 허물어지
는 듯했다. 가득 찬 습기 속에서 지상의 모든 사물들이
젖고 썩어서 무너지고 있었다. 지상과 달리 하늘은 조용
했다. 빗방울이 지상을 향해 떨어지는 동안 아무런 소리
가 나지 않았다.

무거워진 눈꺼풀을 간신히 밀어 올리며 늦은 잠에
서 깨어났다. 일출 시간을 한참 넘겼지만 집 안은 여전
히 어두웠다. 들숨 사이로 묵직한 습기가 느껴졌다. 살
이 닿고 접히는 부위마다 불쾌한 끈적임이 묻어 있었
다. 나는 덜 마른 빨래처럼 흐느적거리며 천천히 몸을
일으켰다. 눅눅한 공기. 냉장고 문을 열어 차가운 물을
한 잔 마시고 뉴스를 확인했다. 기상학자와 기후학자들
의 인터뷰를 실은 기사가 여럿이었다.

일정 습도 이상이 되면 피부 위의 땀이 증발하지 않아 체온 조절이 어려워지고 인간의 활동 시간이 급격히 줄어드는데 앞으로의 모든 여름이 이러할 것이라는 말과, 이 정도로 긴 장마는 분명 이상 기후이며 이것은 전 지구적인 현상이라는 말, 이산화탄소 배출량을 0으로 줄여도 이젠 지구가 스스로 회복할 수 있는 지점을 지나쳤다는 말이 각각 다른 사람의 입에서 흘러나왔다. 역대급 오보라는 제목으로 기상청의 예보 실패를 꼬집는 기사 아래엔 세금이 아깝다느니 하는 조롱 섞인 말들이 꼬리처럼 이어져 있었다.

기사 몇 개쯤을 더 읽다가 화면을 덮었다. 크고 작은 사건들이 이어지고 있었고, 사건보다도 많은 말들이 내리는 비만큼이나 지루하게 쌓여가고 있었다. 세상은 젖어서 눅눅하고 무거웠는데, 말은 오히려 가벼워서 스스로의 무게를 버리고 증발하는 것처럼 보였다. 말이 말라버린 자리에 또다시 새로운 말들이 고여서 저들끼리 부딪치고 끓어오를 것이라고, 커피를 마시고 샤워를 하는 동안 생각했다. 현관문을 열고 밖으로 나가자 한층 짙은 습기가 무섭게 온몸을 빨아들였다. 사람들이 길 위에서 헤엄치듯 걸어가고 있었다. 비가 내리기 시작한 지 54일 째였다.

신종 바이러스의 일일 감염자 수가 세 자릿수를 기록하며 증가하고 있던 날, 광장엔 2만여 명의 인파가 운

집하여 정부와 대통령을 성토했다. 집회 참여자 일부가 소속된 교회의 커뮤니티에는 검진 안내 메시지에 따라 보건소에 가면 무조건 확진 판정을 받으니 검진을 받지 말고 광장으로 모이라는 말과, 이 모든 게 자신들을 확진자로 만들어 탄압하려는 정부의 음모라는 말이 오고 갔다.

그날 오후, 광장 바닥에 돗자리를 깔아놓고 삼삼오오 모여 앉아 음식을 나눠 먹고 있는 집회 참여자들의 사진이 언론에 보도되었다. 기사 아래엔 최근의 확진자 증가는 집회를 막기 위해 정부가 그동안 감춰둔 확진자를 풀어준 것이 원인이라는 말이 집회 참여자들에 대한 분노와 욕설의 말들과 함께 뒤섞여 있었다.

비슷한 시기, 예능 프로그램에 고정 출연 중인 웹툰 작가의 작품이 여성혐오적 내용을 담고 있다는 기사가 보도되었다. 이전에도 같은 맥락의 논란이 있었으며, 문제가 반복되는 것은 약자에 대한 작가의 근본적인 시각이 문제임을 지적한 후속 기사가 뒤를 이었다. 해당 작품의 연재 중단을 요구하는 8개 단체의 입장문이 1,000여 명의 지지 서명과 함께 발표되자, 작가 퇴출이나 연재 중단 요구는 작가의 자유로운 발상과 상상을 탄압하는 파시즘이라는 작가협회의 반박문이 곧이어 발표되었다.

논란을 보도한 기사 아래엔 대통령 지지자들의 파시즘에 휘둘리는 세상을 한탄하는 말과 해당 작가를 비판하는 세력은 적폐라는 말, 대통령 편에 선 작가라면 아마 보호 받을 것이라는 말들이 오고갔고, 사회에 대한 왜곡된 시각을 담은 작품은 창작물로서 적절하지 않다는 의견이 이따금 섞여 있었다.

말은, 그야말로 난무하고 있었다. 하나의 말이 나타나고 그 말에 담긴 의미가 어딘가에 도달하기도 전에 또 다른 말이 나타나 그 위로 포개졌다. 겹쳐지고 뒤섞인 말들이 무덤처럼 솟아올랐다. 말들은 제자리를 찾아가지 못했고 길 잃은 말들이 쌓이고 썩어서 길바닥 위로 흩어지고 있었다. 각각의 말은 제 나름의 진실을 담고 있었으나, 그것은 표면에 드러난 진실이 아니라 말하는 자의 세계를 막연하게 가리키는 진실처럼 보였다. 말은 오거나 가지 못했고 그저 소멸되고 있었다.

피로.
말들의 사태로부터 벗어나고 싶었다.

2층 열람실로 이어진 계단을 올라 유리문을 밀자 차갑게 마른 실내 공기가 문틈으로 쏟아졌다. 차고 건조한 공기의 질감 속에서 바깥에서 묻혀 온 어수선한 여운이 금세 잦아들었다. 들고 있던 우산을 둥글게 말아 비닐에 넣고 출입문 왼쪽의 810번 서가로 향했다. 층 전체를 가득 채운 서가 사이로 드문드문 사람들이 보였다. 나는 고개를 반쯤 숙인 채 느릿느릿 움직이는 사람들 틈으로 조용히 섞여들었다.

도서관이든 서점이든 책이 있는 곳이면 괜찮았다. 말로부터 도망쳐 간 곳이 고작 이곳이라는 게 약간의 아이러니 같기도 했지만, 책장 가득 단정하게 늘어선 책등과 책을 펼쳐든 채 저마다 몰두하고 있는 사람들을 보고 있으면 언제나 조금의 평화를 얻을 수 있었다. 아무 말도 할 필요 없고 아무 말이나 듣지 않아도 되는 곳. 그저 서가에서 서가로, 책에서 책으로.

조용히 선 채 입을 다물고 있는 서가들 사이에서 시간은 느리고 순하게 흐르고 있었다. 그곳에서 나는 수몰 지구의 물속 풍경이나 겨울밤의 차가운 하늘 같은 것들을 생각했다. 캄캄한 창문과 벽마다 피어난 물이끼와 텅 빈 도로 같은 것들이 물 아래 깊은 어둠 속에 잠겨 있는 풍경. 언덕의 사면을 따라 비스듬히 자리 잡은 동네를 감싸고돌며 나선형으로 뻗어 있는 경사로와 흰 입김 위로 새까맣게 펼쳐진 겨울밤의 하늘. 차갑고 조용한 물속 그리고 밤하늘. 그런 것들을 떠올리고 있으면 찌꺼기처럼 가라앉은 피로와 염증으로부터 잠시나마 벗어날 수 있었다.

810번 서가 앞에 쪼그리고 앉아 가만히 책을 펼쳤다. 말을 위한 말이 아닌 말 이전의 말. 흩어져 사라지지 않고 내려앉은 말들은 말이 되기 이전, 그 선험적인 시간의 기록이자 말이 될 수 없는 것들을 말하고자 애써온 역사처럼 보였다. 나는 그 말들의 안간힘이 괜히

아련해서 자꾸만 들여다보고 싶었다. 말을 들여다보고 있으면 아득해졌고, 아득할수록 이내 은밀해졌다. 은밀하고 충만한 각자의 시간들이 열람실을 가득 채우고 있었다. 젖은 유리창 표면 위로 빗방울이 꼬리를 끌며 흘렀다.

커다란 침묵.
원시림을 생각한다.

비자림은 제주시 구좌읍 서남쪽 언저리, 500년에서 800년생 비자나무 2,500여 그루가 밀집해 숲을 이룬 곳이었다. 열람실 한 구석에 앉아 우뚝한 서가들을 바라보며 나는 언젠가의 비자림을 떠올렸다. 서가가 숲을 닮아서였는지, 아니면 숲이 서가를 닮은 것인지는 모르겠지만, 꼿꼿하게 서 있는 서가의 윤곽과 숲의 나무가 만든 그림자는 아무래도 서로 닮은 구석이 있다고 생각했다.

진입로에 차를 세우고 처음 바라본 숲은 커다란 침묵처럼 보였다. 단단하게 솟아오른 나무 줄기들이 시선의 끝까지 촘촘하게 겹쳐 있었고, 겹쳐진 줄기 사이로 풍만하게 차오른 나무 그림자가 시야의 빈틈을 메우고 있었다. 묵직한 침묵으로 뒤덮인 숲. 압도적인 고요. 숲을 향해 뻗어 있는 길은, 숲이 가진 거대한 원형으로 향하는 입구이자 새로운 시간의 통로처럼 보였다.

붉은 흙이 깔린 숲길은 숲의 굴곡을 따라 흐르듯 이어지고 있었다. 길을 따라 천천히 걸었다. 비자나무는 백 년을 살아야 지름 한 뼘 정도를 자랄 수 있었다. 수백 년 동안 한 겹씩 자라난 나무의 밑동마다 이끼와 넝쿨들이 덮여 있었다. 계절의 영락을 수없이 견디며 나무는 스스로의 섭리를 이루었을 것이고, 그 굽이진 시간들이 바탕이 되어 나무의 삶은 지탱되고 있었다. 이따금씩 나뭇가지 사이로 바람 소리가 들렸다. 바람은 멀리서 불어와 가까이 닿고 있었다. 달려오는 동안 바다의 냄새를 버려서 가벼웠고, 숲의 안쪽을 파고들며 그늘과 침묵을 머금어서 향기로웠다.

숲을 통과하며 걷던 시간 동안 나는 말을 하지 않았다. 숲은 말이 없어서 들뜨지 않았고, 말이 없음에도 혼자서 선명했다. 숲의 과묵한 존재감 곁에서 사람의 말은 부질없고 초라해 보였다. 말이 초라해지자 나도 곧 초라해졌다. 손톱만한 씨앗이 뿌리를 내려 거목으로 자라기까지 까마득한 시간을 견뎌낸 나무들. 그 나무들이 울울하게 들어선 숲 속에서 내 짧은 생애의 부침들은 암녹색의 풀빛으로 가벼워지고 있었다. 아무래도 그것 역시 위로였을 것이다. 입을 다물고 가만히 있어주는 것. 침묵으로 일관하는 위로. 말이 늘어가는 세상에서 나는 더 자주 서가를 찾고 숲을 생각해야 할지도 모를 일이었다.

오염된 언어.
조금 더 지루한 사람이 되고 싶다.

지난 시기, 어느 시점에선가 모두의 삶은 겹겹으로 갈라졌다. 각자의 소유와 위치에 따라 저마다의 삶이 분리되었고, 촘촘하게 갈라진 삶의 색깔을 따라 사람들은 또다시 나뉘고 흩어졌다. 조각난 사람들의 삶 속에서 말은 쓸모를 잃고 엉켜 흘렀고, 사람들의 삶 사이를 건너가지 못했다. 참과 거짓, 사실과 의견, 논쟁과 억측의 경계가 흐릿해져 가는 동안 말들이 딛고 서야 할 공통의 사실들은 왜곡되거나 윤색되었다.

언어가 오염되고 무용해질수록 말은 더욱 맹렬하게 번졌다. 맹목적인 믿음과 사이비 종교, 진영논리와 당파성에 매몰된 사람들, 가짜뉴스와 미디어, 거짓과 선동과 날조, 유사과학과 반지성주의, 혐오와 분노와 악의를 담은 말들, 그리고 수많은 음모론이 검색엔진의 편향성과 유튜브 알고리즘에 실려 끝없이 확대되고 있었다. 말로 가득 찬 한 뼘의 세계 안에서 사람들은 길 잃은 말을 붙든 채 한없이 들끓고 있었다.

길 위 또는 화면 앞, 사람들은 어디서든 모여 있었고 모인 자리마다 말은 무성했다. 사람들이 모인 저곳이 그저 길바닥인지 아니면 어딘가로 나아갈 길이 될 수 있는 것인지, 길이 없다면 길바닥 위에 뿌려진 저 많은 말들은 어디로 가는 것인지 알 도리는 없었다. 안 하는 게 더 나은 말들을 전부 지워버리면 세상이 우울해질까 하는 생각 뒤로 말은 그저 말이기 위해 나왔을 뿐이라는 생각이 따라 붙었다.

나는 그저 조금 지루한 사람이 되고 싶었다. 주절주절 떠들지 않고, 유쾌하지도 진지하지도 않은. 딱히 기억에 남지도 흥미롭지도 않은 사람. 말없이 잠자코 앉아 있다가 그냥 집으로 돌아가는 사람. 그런 심심하고 지루한 사람이 되고 싶었다. 불행하게도 지금까진 실패에 가까웠다. 쓸데없는 말을 잔뜩 늘어 놓은 뒤 집에 돌아와 이불 속에 누워서 후회하거나 주워 담을 수도 없는 말들을 떠올리며 자책하는 밤들. 자꾸만 후회하고 자주 부끄러워하면서 내가 뱉은 말들로 삶을 채워왔을 뿐이었다.

입 밖으로 꺼낸 말보다 속으로 감춘 말이 언제나 더 많다. 늘 그렇다. 그렇기 때문에 당신이 무슨 말을 했는지보다는 무슨 말을 하지 않았는지가 항상 더 중요하다. 말하지 않음으로써 말해지는 수많은 의미들. 누군가의 말을 듣는다는 것은 그런 것이다. 저 말들이 교묘하게 피해가고 있는 어떤 지점들을 찬찬히 들여다보는 것. 말의 빈자리, 도넛의 구멍을 찾는 것. 곳곳에 감춰져 있는 말의 여백에 따라 우리가 뱉은 말은 진실이 되기도, 진실처럼 보이려 애쓰는 거짓이 되기도, 허울에 감춰진 욕망이 되기도 한다.

말이 있다는 것은 그 뒤에 사람이 있다는 것이다. 하나의 말이 있다는 것은 그보다 먼저 존재한 말과 세상이 있다는 것이고, 그래서 말은 사람에게서 사람에게로 가는 것인 동시에 과거에서 미래를 향해 가는 것이라고 집으로 돌아가는 길을 걸으며 생각했다. 생각은 그렇게 하면서도 확신할 순 없었다. 나이를 먹을수록 더욱, 아무것도 알 수가 없었다. 모르는 것들이 늘어가면서 반대로 말은 줄었다. 그나마 다행이었다.

말과 사람, 말의 그늘에 피로와 염증을 느낄 때면 서가를 찾거나 숲을 생각했다. 말과 침묵 사이를 오가는 혼란스런 시간 동안 나는 언어가 사라진 풍경을 상상했다. 성립할 수 없는 세상을 상상하는 일은 내 언어를 닮아서 빈약하거나 가난했다. 말이 되지 않는 세상과, 그 세상을 가득 채운 말들을 짊어진 채 모두가 나아갈 곳도 결국은 말의 길일 것이라고, 막연한 생각을 빗속으로 던지며 우산을 고쳐 쥐었다. 젖은 아스팔트 위로 가로등 불빛이 번졌다. 우산을 쓴 사람들이 어깨를 움츠린 채 걷고 있었다. 장마가 끝나고 이 비가 그치면 창문을 활짝 열어 놓고 느긋하게 빨래를 널어야겠다고 작게 다짐했다. 빗방울이 떨어진 자리마다 여름의 온기가 고였다.

위악에 관하여

내 위악의 역사는 퍽 오래됐다. 그게 위악인지도 모르고 살아온 세월을 포함하면 그렇다. 언제부터인가 속에 담긴 말과 밖으로 뱉은 말이 서로 어긋나기 시작했고, 이 불일치의 아이러니 위에서 나의 위악은 조금씩 단단해져 갔다. 세속적인 욕망들에 대해, 희망에 대해, 애정과 사랑에 대해, 그리고 삶의 허무와 무의미에 대해. 내가 뱉은 말들이 하나의 위악이었다는 것을 알게 된 후에도 나는 이 가짜들을 쉽게 떨쳐낼 수 없었다. 나도 모르는 사이 익숙해져버린 나의 위악을 가만히 들여다보게 된 것도 그 때부터였을 것이다.

세속적인 욕망을 긍정하는 태도는 내 오랜 위악의 일부였다. 말하자면 돈 말이다. 좀 더 정확히는 돈으로 대표되는 세속적인 가치들에 대한 모두의 욕망을. 그것이 천박하고 남루한 태도라 할지라도 어쨌거나 나는 돈이 매우 중요하다고 말한다. 그래서 돈 같은 건 중요한 게 아니라고 말하는 사람을 별로 신뢰하지 않는다.

은행의 대출 상담 창구는 돈의 가혹함이나 냉정함을 적정 온도의 쾌적한 환경에서 느껴볼 수 있다는 점에서 요긴하다. 게다가 나와 마주앉은 직원은 나의 금융 자산과 신용과 경제력의 민낯을 알고 있음에도 미소와 친절로 나를 바라봐주기까지 한다. 은행들은 디딤돌 혹은 버팀목 같은 이름으로 돈을 빌려주고 이자를 받았다. 나의 삶이 딛고 버티고 있는 토대가 분명히 돈이었다는 사실을 나는 창구 앞 의자에 어색하게 앉은 채로 실감했다.

　나뿐 아니라 모두가 딛고 버티며 간신히 이어가고 있는 생활 역시 그 돈 위에 있을 것이고 나는 이 생활의 토대가 얼마나 무서운 것인지 어느 정도 알고 있다. 최소한의 생존, 그것은 어디까지나 돈으로 구성되어 있다는 것, 그리고 이 토대를 끊임없이 위협받으며 생존을 위해 분투하는 사람들이 너무나 많다는 것을, 그리고 이 버팀목이 무너질 때 개인의 삶이 얼마나 잔인하고 철저하게 파괴되는지를 조금은 알고 있다. 그래서인지 "돈 같은 건 중요하지 않아"라고 해맑게 말하는 사람은 어쩐지 믿을 수가 없다.

　내가 "돈이나 벌어야지" "돈만 있으면 돼" "돈 그거 엄청 중요하지" 같은 말을 하며 낄낄 웃고 있으면 어딘가 경멸이 섞인 표정으로 핀잔을 주는 사람도 있었다. 심지어 "당신은 참 한없이 가벼운 사람이네요"라는 말을 들은 적도 있다. 그 말을 들었을 때 나는 "아닌데요, 저는 세상 진지한 사람인데요." 정도의 대답을 했던 것 같다.

　나는 그저 밥을 벌어먹고 생활을 유지하기 위해 몸이 부서지도록 일을 하고, 목숨을 걸고 싸워야 하는 모든 사람들의 삶이 평안하기를 바란다. 나를 포함해 모든 이들의 삶이 최소한의 토대를 확보하기를, 그래서 그 위에다 순하고 무해한 생활을 설계하기를 바라고 또

바란다. 그래서 누구나 굶어 죽을 걱정 따위 없는 세상
이 오기를 간절히 소망한다. 그러나 이런 얘기를 굳이
누군가와 밥 먹는 자리에서 하고 싶지는 않다. 그냥 "돈
이나 벌었으면 좋겠네"라고 말할 뿐이다.

'인생은 고통'

우리 반 급훈이다. 오늘은 수업하지 말고 쉬면 안
되냐고 우는 소리를 하는 학생들에게 나는 종종 저 급
훈을 상기시킨다. 가끔은 아닌 날도 있었겠지만 돌이켜
보면 대부분의 날들은 고통으로 이루어져 있다고, 그러
니 힘들어도 원래 사는 게 이런 건가보다 하는 마음으
로 수업이나 하자고, 진심 섞인 농담을 던져 가며 학생
들을 달래놓는다.

포기하지 않기 위해서 희망을 버려야 할 때가 있
다. 희망은 좋은 거예요. 좋은 것은 변하지 않죠, 라고
말하던 영화도 있었던 것 같은데 나는 잘 모르겠다. 희
망이 동력이 된 삶은 어쩐지 불안해 보인다. 희망은 너
무나 쉽게 좌절되는 것이었고, 좌절된 희망은 절망이
되어 결국 삶을 무너뜨린다. 불필요한 희망들을 제거하
는 것만으로도 삶은 훨씬 더 견딜 만해질지도 모른다.

희망을 걷어낸 삶에는 선명한 현실만이 남는다. 막
연한 희망 없이, 뭔가가 더 나아지지 않는다 해도 그저
눈앞의 현실을 수용하고 살아내는 삶. 그런 삶은 아무
래도 강인해 보인다. 삶에 대한 긍정이나 부정이 끼어

들 틈이 없는 강인함 같은 것 말이다. 나는 나와 내 학생들이 그렇게 살아가길 조금은 바란 걸지도 모르겠다. 포기하지 말고 우리에게 더없이 불친절한 이 삶을 끝까지 버텨내기를, 거창하거나 그럴싸한 이유가 없더라도 삶을 그냥 살아내기를 말이다.

타인에게 애정을 드러낼 때에도 나는 종종 위악을 선택한다. 복도에서 인사하면 제발 좀 반갑게 받아달라는 말을 아이들에게 매년 듣는다. 살가움이란 찾아볼 수 없는 무뚝뚝한 태도 때문이다. 그때마다 "그게 아마 엄청 반가워하고 있는 걸 겁니다"라고만 대답한다. 아무래도 잘 못 믿는 눈치다. 언젠가 수업 중엔 이런 질문을 받은 적도 있다.

"선생님, 저희를 좋아하긴 하시죠?"

꽤나 조심스러운 말투. 뭔가 기대감 어린 표정으로 다들 나를 바라보던 순간. '어이구, 이 귀여운 놈들' 하고 속으로 웃으면서 무표정한 얼굴을 유지한 채 대답했다.

"어…… 여러분이 뭔가 크게 오해하고 있는 것 같은데요, 저는 여러분을 아주 공평하게 싫어합니다."

선생이 되어 교탁 앞에 서는 순간 누구나 실감하게 된다. 선생이라고 남들과 다를 건 하나도 없다는 것을. 남보다 더 도덕적이지도, 더 공평하지도, 더 너그럽지도 않다는 것을. 그저 매 순간 안간힘을 다해 애쓰고 있을 뿐이라는 사실을.

학생들과의 관계 역시 다른 보통의 관계와 다르지 않았다. 별다른 노력 없이도 쉽게 친해지는 학생이 있고, 딱히 이유는 모르겠지만 좀처럼 가까워지기 어려운 학생도 있었다. 어린 시절의 나는 항상 후자에 해당하는 학생이었다는 것을 선생이 되고 나서야 알았다. 사람 사귀는 일에 서툴렀고 어른을 대하는 건 더욱 어려웠다. 교탁 앞에 서 있으면 이따금씩 교실 어딘가에 앉아 있을 어린 시절의 내가 떠올랐다. 모두와 똑같이 친해질 수 없다면, 모두와 친해지지 않겠다는 것이 여러 시행착오 끝에 내가 간신히 선택한 태도였다.

물론 학생들과 두루 가깝게 지내는 건 좋은 일이다. 호의적인 관계 속에서 채워지는 충만감은 생각보다 크고 소중하다. 하지만 소극적인 성격 탓이든 부족한 사회성 탓이든 차마 다가오지 못하고 있을 한 사람의 마음이 나머지 다수의 기쁨이나 즐거움보다 더욱 신경 쓰이는 건 나로서는 어쩔 수가 없는 일이었다. 친절하고 상냥한 선생님의 이미지를 포기하더라도, 그건 아무래도 어쩔 수가 없다.

나에게 허무란 익숙하게 의식되는 무엇이었다. 역설적으로 들리겠지만 의식적인 허무는 허무에 도달하지 못한다. 그래서 나의 허무는 위악이고 가짜다. 진짜 허무는 나도 모르는 사이에 이미 이르러버린, 끊임없이 밀려나 어느새 닿아버린 막다른 골목에 가깝다. 허무에

도달한 사람들은 다음을 생각하지 않는다. 그 어떤 윤리적, 사회적 가치도 그들에겐 무의미하다. 그래서 그들은 진지함이나 이성, 논리를 거부한다. 이성과 논리가 사라진 자리에 남는 것은 날카로운 욕망이다. 그래서 반사회적이고 반인륜적이다. 세상이 경악할 만한 범죄를 저질렀던 사람들의 마음속엔 어쩌면 '어차피 이런 세상 따위……' 하는 허무가 있을지도 모른다. 나는 내가짜 허무로 진짜 허무가 만들어 내는 고통들을 감당하고 싶었다.

어느 날 수업 중, 학생들이 "선생님은 왜 살아요?"라는 사뭇 진지한 질문을 던진 적이 있다. 나는 잠시 뜸을 들이고서 "그냥 살아 있으니까 살죠" 정도로 대답했던 것 같다. 뭔가 시시하다는 표정들이었지만 그래도 어쩔 수 없었다. 내가 원해서 태어난 것도 아니고, 지금의 삶이 썩 마음에 드는 것도 아니지만, 이미 살아 있는걸 어떻게 하겠어요. 그냥 살아야죠, 하고 덧붙여 말하는 동안에도 뭔가 의미심장한 대답을 기대했었는지 학생들 얼굴에 아쉬움이 보였다.

사는 게 원래 별 의미가 없다고, 근데 삶이 무의미하다는 걸 받아들이기가 쉽지는 않다고, 그래서 각자 나름대로 무의미를 견딜 만한 방법을 찾아봐야 한다고, 그러기 위해서라도 열심히 살아봐야 한다고. 결국 구구절절 설명을 늘어놓고야 말았다. 인생이 얼마나 많은 의미들로 가득 차 있고, 그래서 얼마나 빛나는 것인지를 가르쳐주는 것이 선생으로서 좀 더 적당해 보이긴 했지만, 나도 잘 모르는 걸 가르쳐줄 수는 없는 일이었다.

선생으로서, 동료로서, 동시에 인간으로서 나에게 요구되는 규범과 역할들 앞에서 나는 늘 위태롭다. 내가 되고자 하는 얼굴과, 남들이 나에게 되어야 한다고 말하는 얼굴. 이 두 얼굴 사이의 근본적이고 필연적인 괴리 앞에서 나는 언제나 실패했다. 내가 되고자하는 사람이 되기엔 무지하고 나약했고, 내가 되어야 하는 사람이 되기엔 능숙하지 못했다. '이건 어쩔 수 없지' 혹은 '원래 다 그렇게 사는 거지 뭐' 하고 적당히 넘어갈 수가 없는 그야말로 문제였다.

도스토예프스키는 "우리는 전원이 모든 것에 대해, 서로에 대해 죄를 짓고 있습니다. 그리고 나는 다른 누구보다도 죄가 깊습니다"라고 말했다. 현실에서 그의 삶의 여정을 따라가 보면 그는 아무래도 위악적인 인간임에 틀림없다. 어떤 면에선 누구보다도 자신에게 엄격했을 것이고, 기대에 미치지 못하는 자신에게 끊임없는 죄책감을 느끼면서 그 혼란과 불안의 내면 위에 자신의 세계를 얹어둔 채 살아갔을 것이다. 위선은 스스로의 죄에 둔감해질 때에나 비로소 가질 수 있는 덕목이라고 스스로를 다그치면서, 포기할 수 없는 문제 앞에서 끝없이 자신에게 실망하면서, 그게 위악적인 인간에게 내려진 영겁의 형벌이라도 된다는 듯이. 그리고 아마 익숙했을 것이다. 천박하고 세속적이고 이기적이고 염세적인 인간으로 오해 받는 일에.

　왜 굳이 위악적인 인간으로 사냐고 누군가 내게 묻는다면 나는 이렇게 대답할 것 같다.

　"그냥 좀…… 부끄러워서요."

Wata & Frusciante

누군가 펑크가 뭐냐고 물으면 나는 쓰레기통을 걷어차
며 "바로 이런 거야"라고 말할 거야. 그럼 그 사람이 다
시 쓰레기통을 발로 차며 이게 펑크냐고 물으면 "아니
그건 유행을 따라 하는 거야"라고 말할 거야.
– 빌리 조 암스트롱*

무슨 말인가 싶다. 쓰레기통이 펑크라는 얘긴가.
그건 아닌 것 같긴 한데 일단 뭔가를 걷어차긴 해야 할
것 같은 기분이 든다. 냅다 걷어차도 발가락이 무사할
만한, 그러니까 망가져도 크게 억울하지 않을 만큼 싸
고 다치지 않을 만큼 안전한 무언가. 그것을 찾기 위해,
그러니까 '펑크'를 하기 위해 급히 주변을 둘러보니 방
한편에 나란히 서 있는 두 대의 기타가 보인다. 펜더 사
의 재즈마스터 모델 일렉 기타 한 대와 어쿠스틱 기타
한 대. 내 기타들. 나의 친애하는 로시난테. 돈키호테
는 펑크가 뭔지 알았을까? 불세출의 펑크 록커 시드 비
셔스**의 친구이자 디자이너였던 비비안 웨스트우드는
74세 나이에 직접 탱크에 탑승한 채 영국 총리 관저 앞

---

* Billie Joe Armstrong. 1990년대 중반 록음악 씬의 메인스트림으로
떠오른 네오펑크 스타일을 이끌었던 밴드 그린데이의 프론트맨. 일 년에
단 하루, 9월의 마지막 날엔 그의 노래 〈Wake me up when September
ends〉를 들어야하는 전통(?)이 있다.
** Sid Vicious(1957-1979). 1970년대 영국을 대표한 펑크록 밴드
Sex Pistols의 멤버이자 펑크록의 상징적 인물. "나는 25세 이전에 원하는
방식으로 인생을 산 후에 죽을 것이다"라는 말을 남겼고 이를 실천에 옮겼다.

으로 돌진했다. 아무리 생각해도 그건 분명 펑크였을 것이다. 하여튼 저 기타를 걷어차 버릴 수는 없다. 내 기타들은 앞서 말한 두 조건 중 어디에도 해당하지 않는다. 역시 나는 위대한 펑크 록커가 되기에는 조금 부족한 것 같다.

남들이 내게 꿈이 뭐냐고 물으면 (내게 그런 걸 물어볼 리 없다는 걸 알고는 있다) 나는 추호의 망설임도 없이 "록스타가 되는 거요"라고 대답할 작정이다. 질문자가 친절하고 사려 깊게도 호기심 어린 표정으로 좀 더 구체적인 대답을 요구한다면 "투어 버스를 타고 전미 투어를 하는 위대한 록스타요"라고 대답할 생각이다. 보통 '위대한' 정도의 수식어가 붙는 록스타라면 버스가 아니라 전용기를 타지 않나 싶지만 버스가 왠지 더 그럴싸했기 때문에 그냥 버스로 하기로 결정했다. 나름 소박한 취향의 록스타다. 내가 록스타가 되는 것이 꿈이라고 말하면 사람들은 아마 비웃겠지만 나는 당신의 웃음과 방심을 틈타 매우 진지한 태도로 록스타의 길을 준비하고 있다. 이것은 록스타의 길을 나보다 한발 앞서 걸어간 선배 록스타들과 나의 길에 대한 이야기이다.

기타를 친다는 것. 무언가 악기를 연주하는 일은 꽤나 사적이고 내밀한 경험이다. 내가 살고 있는 단칸방의 거실(이라고 생각하며 살고 있는 위치)에 앉아 벽에 등을 기댄 채로 오른팔을 뻗으면 기타의 가느다란 넥이 손에 잡힌다. 기타를 들어 내 품으로 끌어와 안는다. 가슴 언저리부터 아랫배까지, 정확히 나의 뱃살을 가려줄 수 있는 바로 그 부위에 기타의 바디가 들어와 편안하게 안긴다. 무광 처리된 단단한 마호가니의 질감과 무게를 몸으로 느끼며 왼손으로 가지런히 넥을 쥐어본다.

딥 퍼플의 기타리스트 리치 블랙모어가 "난 어떤 할 일 없는 놈이 레코드를 빨리 돌리는 장난을 치는 줄 알았어"라고 회고할 만큼 빠른 연주의 대가였던 잉베이 맘스틴은 하루에 연습은 얼마나 하냐는 인터뷰 질문에 이렇게 대답했다. "난 연습을 하지 않는다. 연주를 할 뿐이다."

검정 스판덱스 바지를 섹시하게 소화하던 늘씬한 기타리스트는 어느새 배 위에 기타를 얹어놓고 치는 게 더 편해 보일 만큼 풍만한 중년이 되었고 그의 연주 실력도, 여유 있는 풍채도 따라갈 수 없는 나는 연주가 아닌 연습에 매진할 뿐이었다.

처음으로 내 기타를 갖게 된 건 중학교 1학년 때였다. 왜 하필 기타를 갖고 싶어 했는지는 잘 생각이 나지 않는다. 지금에 와서 짐작해 보건대 그 이유는 아마 외로워서였을 것이다. 온 세상이 나를 중심으로 돌아가야만 했던 사춘기 청소년에게 세상은 너무 복잡하거나 지나치게 냉정해 보였고, 머릿속에서 한껏 낭만화 된 자기서사 위에 한 가닥의 비극을 얹기 위해, 아니면 자신의 내면으로 더욱 더 깊이 침잠하여 비로소 비극을 완성하기 위해 내가 선택한 동반자가 바로 기타였다, 라기보다는 그냥 좀 외로워서였을 것이다. 사춘기란 본래 그러한 것이니까. 다들 마음 한구석의 어떤 것을 잃어버리는 시기, 상실을 경험하는 시기니까.

방바닥에 홀로 주저앉아 기타를 안고 있으면 기타의 울림구멍 안에서 바싹 마른 나무 냄새와 햇볕 냄새가 났다. 왼손으로 코드를 잡고 여섯 줄을 하나씩 팅기면 여섯 개의 음들이 하나씩 쌓이고 겹쳐져서 빈 방을 가득 채웠는데 그 어울림이 황홀하고 신비로워서 나는 같은 코드를 치고 또 쳤다. 내 손끝에서 음악은 아니고 음악 비슷한 무언가가, 음악이 될 가능성을 어딘가에 아주 조금은 가지고 있을지도 모르는 무언가가 나온다는 사실이 마냥 좋았다. 전화기를 들고 나서 다이얼을 누르기 전까지 들리는 '뚜ㅡ' 하는 대기음이 정확히 '라'음이라는 걸 알게 된 것도 이 시기의 어느 때였다. 그리고 '라'는 기타의 다섯 번째 줄을 팅긴 음과 같았다. 이후로 나는 이따금씩 전화기 소리를 들으면서 튜닝을 했다. 그러고 있으면 왠지 시간이 '뚜ㅡ' 하고 흐르는 것만 같았고, 세상에 나와 기타와 전화기만 남겨진 것 같았다.

그리고 문제의 해가 밝았다. 1997년에서 1998년으로 넘어가는 겨울이었고 세상은 세기말적 멜랑콜리로 가득 차 있었고 그 와중에 IMF 사태라는 엄청나게 거대하고 무자비한 무언가가 세상을 마구 무너뜨리고 있었고, 나는 무려 중2에 진입하고 있었으며 심지어 이 운명적인 시기에 밴드 라디오헤드의 세 번째 스튜디오 앨범인 〈OK Computer〉를 듣게 된 것이다. 나는 지금도 나의 많은 부분들이 이 슬프고도 불행한 시기에 결정되었을 것이라 믿는다. "왼손으로 악수합시다. 그쪽이 내 심장과 더 가까우니까"*라고 말하곤 했던 나의 친구(그 역시 중2였다는 것을 감안해야 한다)와 카세트테이프로 발매된 이 앨범을 함께 들었고 네 번째 트랙 〈Exit Music〉의 바닥이 보이지 않는 우울감을 차마 이기지 못하고 "아, 진짜 인생 Exit할 뻔했어!"라는 감상평을 남기기도 했다. 20세기가, 90년대의 센티멘털이, 유리창을 부수며 쏟아지는 노을처럼 저물고 있었다.

캘리포니아 출신의 록밴드 레드 핫 칠리 페퍼스는 1984년 셀프타이틀 앨범으로 씬에 데뷔했다. 아직 90년대 얼터너티브의 물결이 덮치기 전인 평화롭고 따사로운 캘리포니아의 작은 클럽에서 그들은 자신들의 역사적인 행보를 시작했다. 세 번째 스튜디오 앨범이 발매된 다음 해, 밴드의 기타리스트 힐렐 슬로박이 헤로인 중독으로 사망하자, 그 빈자리를 채운 새 기타리스트가 바로 존 프루시안테John Frusciante였다. 1988년 당시 그의

---

* "Shake my left hand, man. it's closer to my heart." 록음악 역사상 최고의 기타리스트로 꼽히는 지미 헨드릭스가 남긴 유명한 멘트.

나이는 고작 18세에 불과했으나 빛나는 재능을 가진 이 천재 음악가가 세상에 얼굴을 내밀기에 18이라는 숫자는 왠지 몹시 적절한, 더할 나위 없이 완벽한 숫자였고 그의 합류 이후 1991년 발표된 다섯 번째 앨범 〈Blood Sugar Sex Magik〉을 통해 밴드는 명실상부 록스타 반열에 올랐다.

고등학생이 되자 헨드릭스의 명언을 읊던 친구와 나는 밴드를 결성했다. 대부분의 스쿨밴드들이 거쳐 가는 공식 코스(?)에 걸맞게 너바나 메탈리카의 넘버들을 커버하며 록스타의 야망을 키웠고, 저 바다 건너 미국에서 제일 잘나가던 밴드 림프비즈킷이 90년대 음악을 망치든 말든,* 홍대 앞의 클럽에서 훗날 1세대 인디를 대표하게 된 어느 밴드가 말을 달리든 말든 우린 그냥 우리의 길을 간다, 정도의 느낌으로 연습을 해대고 있었다. 록스타의 길이 멀리 있지 않았다.

내 첫 일렉 기타는 스트라토캐스터라는 펜더 사의 기타를 국내 모 업체가 카피해서 만든 소위 짝퉁이었는데, 보통 기타를 만들 때 쓰는 좋은 음향목이 아니라 나무 조각을 뭉쳐서 만든 일명 '톱밥 기타'라 불리는 모델

---

* 마블의 히어로 무비 〈데드풀〉 중, 주인공 데드풀의 대사인 "림프비즈킷이 90년대 음악에 했던 짓을 너에게 해주겠어."에서 차용. 실제로 밴드 림프비즈킷은 당시 엄청난 대중적 성공과 동시에 록 음악의 상업화라는 비판을 받기도 했다.

이었다. 몇 달 동안 모은 용돈을 손에 들고 기타를 사러 갔고, 돈이 모자라 케이스도 없이 기타 하나만 덩그러니 손에 든 채로 악기 숍 문을 열고 나오던 그날의 하늘에 선 초여름의 풋내 사이로 추적추적 비가 내렸다. 한손에 기타를 들고 비를 맞으며 근처에 있던 밴드 연습실로 뛰어가던 짧은 시간 동안, 나는 천하무적이 되는 기분이란 어떤 것인지를 생애 최초로 체험하고 있었다. 비가 그친 골목 위로 여름의 햇빛이 축축하게 빛났다.

학교로 향하는 버스에서, 점심시간 교실 창가에 앉아서, 독서실 책상 앞에서 나는 프루시안테의 연주를 자주 들었다. 밴드를 탈퇴한 뒤 마약에 절어 지내던 프루시안테가 수 년만에 돌아와 새로 발표한 앨범인 〈Californication〉은 내가 가장 좋아한 그들의 앨범이었다. 곡 전체의 키Key를 무시하는 듯한 자유분방함, 굴곡진 삶의 상처 앞에서도 위트와 서정을 잃지 않는 여유, 마치 장난이나 농담 같은 프루시안테의 연주는 그가 아닌 누구도 할 수 없는 대체 불가의 영역이었다. 끈적하게 감겨드는 그의 연주를 들으며 나는 가본 적도 없는 캘리포니아의 해변을 떠올렸다. 파라솔 아래 누워 맥주를 마시며 '훗, 인생 뭐 씁쓸한 거지' 정도의 표정으로 선글라스를 고쳐 쓰는 록스타. 그는 나의 위대한 선배가 되기에 충분했다.

워싱턴 출신의 밴드 멜빈스의 〈Bullhead〉 앨범 수록 곡에서 그 이름을 따온 밴드 보리스는 기타의 와타,

베이스의 타케시 오타니를 주축으로 1992년 도쿄에서 결성되었다. 2005년 발매한 앨범 〈Pink〉가 미국에서 공전의 히트를 기록했고, 이후 세계적인 명성을 얻었다. 특히 기타리스트 와타의 독창적인 연주 스타일이 크게 주목을 받았는데, 자그마한 체구의 여성 기타리스트가 무표정한 얼굴로 광폭하고 노이즈 가득한 사운드를 쏟아내는 모습에 수많은 팬들이 양산되었다. 음악 외에 미술에도 뛰어난 재능을 가진 와타는 자신들의 앨범 커버 아트를 직접 그리기도 하였으며, 알려진 바에 의하면 스마트폰 게임 '포켓몬 고'의 열렬한 팬인 그녀는 공연마다 세팅 중인 무대 위에서 포켓몬을 사냥하는 사진을 남겨 이목을 끌기도 하였다.

어느덧 삼십대 중반을 넘기 시작한 지금도 나는 친구들과 밴드를 하고 있다. 예전만큼 자주는 어렵지만 몇 주에 한 번쯤, 김밥 집 건물 지하에 모여 시끄럽고 괴상한 음악을 연주한다. 안타깝게도 우리가 음악엔 별로 재능이 없다는 걸 깨달은 지 한참 되긴 했지만 모여 있는 시간 동안엔 어쨌거나 즐거운 마음이다. 기적이 일어난다면 록음악 씬의 슈퍼루키가 되어 데뷔할지도 모른다. 평균 나이 삼십대 중반의 신인 밴드를 상상하니 약간은 초조해진다. 조급한 마음을 숨긴 채 연습이 끝나면 누군가의 집으로 몰려가서 먹고 마시고 취한다. 되도 않는 농담이나 허풍을 떨면서 말이다. 마치 록스타처럼.

와타는 록 기타의 일반적인 연주 문법을 따르지 않는다. 화려한 테크닉이나 정교함도 없고, 오히려 불안하고 위태롭게 이어지는 연주지만 정념이라고밖엔 표현할 수 없는, 어딘가 억누를 수 없는 폭발 직전의 긴장 속에서 유유히 흘러가는 뭔가를 담고 있는 연주이기도 하다. 아무래도 이건 이단자의 음악이다. 그래서인지 와타의 연주는 어느 때 들어도 좋다. 좀 피곤하거나 짜증이 밀려오는 순간에는 더욱 좋다. 그렇기 때문에 출근길에 들을 때가 가장 좋다. 가사도 리듬도 알아들을 수 없을 만큼 정신없이 몰아치다가도 세상 밑바닥까지 내려갈 기세로 낮게 깔리는 노이즈를 들으면서 교문을 통과할 때면, 아하, 오늘도 다 부숴버리겠다! 하는 마음이 된다.

세상은 좀 복잡하다. 자연인 또는 직업인으로서, 혹은 교육받은 시민으로서 한 사람의 역할을 제대로 해내기는 여간 어려운 일이 아니다. 그것은 끊임없이 타인의 무례를 견디고, 동시에 나를 견디는 일에 가깝다. 견뎌야 할 것이 무엇이든 복잡한 건 매한가지다. 그래서 나는 복잡한 세상 편하게 살자는 말을 좋아하지 않는다. 그것은 일종의 기만으로 보이는데, 세상이든 자신이든 둘 중 한 가지 정도는 속여보자는 얄팍한 게으름에 가깝다. 복잡한 세상은 복잡하게 받아들이면 그만이다. 좀 괴롭고 머리도 아플 테지만 말이다. 그러기 위해서 약간의 팁 같은 것이 필요할지도 모른다. 이따금씩 복잡함을 모조리 던져두고 잠깐 쪼그려 앉아 숨을 돌릴 수 있는 세상의 틈바구니 같은 것 말이다. 이를 테면 록스타의 길이라든지.

스코틀랜드 출신의 포스트록 밴드 모과이의 일곱 번째 정규 앨범이자 내가 가장 좋아하는 그들의 앨범* 제목은 이렇다.

HARDCORE WILL NEVER DIE,
BUT YOU WILL.

---

* 밴드 모과이는 평소 진중하고 묵직한 자신들의 음악 스타일과는 달리 장난스러운 앨범 제목이나 무의미한 곡 제목을 짓는 것으로 유명하다. 이 앨범에서 내가 가장 좋아하는 트랙은 〈How to be a werewolf〉이다.

심수봉과 서정

"시가 뭘까요?"

"......"

"시를 서정이라고도 하는데요, 그럼 서정은 뭘까요?"

"......"

"서정은요…… 심수봉입니다."

　　시 수업 시간, 시란 무엇인지 설명할 때마다 내가 끼워넣는 말이다. 그러면 21세기에 태어난 나의 학생들은 대체 뭐라는 건가 정도의 표정으로 나를 올려다본다. 약간 무안해진 나는, "그냥 제 생각에 그런 거 같아서……" 정도로 사태를 수습한다. 시란 무엇인지 내게 진지하게 묻는다면, 사실 잘 모르겠다. 여기저기 말을 긁어모아 대답이야 할 수 있겠지만, 그 대답이 시가 될 것 같지는 않다. 나는 하나의 정서가 시인의 내면 안에서 시적 언어를 획득하는 일련의 과정을 이해하거나 상상하지 못한다. 그래서 시는 내게 항상 오독의 대상이었다. 벽에 등을 기대고 앉아 포도를 안주 삼아 소주를 마시면서 아, 슬프네…… 하면서 읽는 것이 내겐 시였고, 행과 행 사이의 여백을 가득 채운 긴장과 전환이 내겐 서정이었다.

　　시를, 또는 서정을 심수봉이라고 말하는 건 아무래도 위험하다. 나의 편협한 시 읽기에서 기인한 재미없는 농담일 뿐, 시의 존재방식이나 작동원리를 온전히 해명하는 데에 별로 도움을 줄 수 없음에도 나의 착한 학생들이 혹여 대단한 의미라도 있을까 진지하게 받아들일 위험 또한 갖고 있기 때문이다. 그럼에도 불구하고 시와 서정을 말할 때 나는 애꿎은 심수봉을 얘기할 수밖에 없다.

언제인지 기억나지는 않지만 어느 날 심수봉의 〈사랑밖엔 난 몰라〉를 듣다가 눈물이 나버렸다. 이유는 알지도 못한 채, 그저 눈물이 났다. 그 이후로 찾아 듣지는 않았지만 우연히 이 노래를 듣게 되면 역시나 또, 눈물이 났다. 임순례 감독의 영화 〈와이키키 브라더스〉의 엔딩신을 보다가도, 〈너는 내 운명〉에서 소주병을 마이크 삼아 노래 부르는 전도연을 보다가도, 나는 어김없이 울었다. 이 글을 쓰고 있는 지금, 〈사랑밖엔 난 몰라〉를 찾아 듣고 있다. 파티션 너머로 업무 중인 부장님이 보이는데, 머리를 긁는 부장님 모습이 갑자기 슬퍼 보인다. 교무실에서 울 수는 없다. 참아야 한다. 어쨌거나 그렇다. 안 슬프면 그게 시인가. 모든 시는 슬프다.

대체 이유가 무엇일까. 시는 왜 슬픈 것일까. 시가 가진 이 대책 없는 슬픔의 정체는 무엇일까. 시인 백석은 이렇게 말했다.

"높은 시름이 있고 높은 슬픔이 있는 혼은 복된 것이 아니겠습니까. 진실로 인생을 사랑하고 생명을 아끼는 마음이라면 어떻게 슬프고 시름차지 아니하겠습니까. 시인은 슬픈 사람입니다. 세상의 온갖 슬프지 않은 것에 슬퍼할 줄 아는 혼입니다."

세상의 모든 것에 슬퍼할 줄 아는 사람이 바로 시인이라면, 시에 담겨 있는 이 슬픔 역시 조금은 이해가 된다.

바슐라르는 시적 교감이야말로 상상력의 보편을 나타낸다고 말했다. 그리고 이 상상력이 보편성을 가지고 있기 때문에 우리는 삶의 개체성을 넘어 타인의 상상을 통해 창조된 세계를 보며 아름다움을 느낄 수 있다고 그는 말했다. 개인의 경험을 넘어서는 보편적인 상상력. 시인의 슬픔이 시를 통해 나의 슬픔과 닿을 수 있었던 이유 또한 조금은 알 것 같다. 다시 심수봉으로 돌아와서, 문제의 노래는 이렇다.

그대 내 곁에 선 순간
그 눈빛이 너무 좋아
어제는 울었지만 오늘은 당신 땜에
내일은 행복할 거야
(……)
지나간 세월 모두 잊어버리게
당신 없인 아무 것도 이젠
할 수 없어 사랑밖엔 난 몰라

이 노래의 절정은 '지나간 세월 모두 잊어버리'는 부분에 있다고 확신한다. '지나가아아아아아아안' 정도의 느낌으로 처연하게 펼쳐지는 이 대목을 듣는 순간 실제로 뭔가가 나의 마음속에서 지나가기 때문이다. 무엇이 지나갔는지는 중요하지 않다. 심수봉의 세월과 나의 세월이 전혀 다르더라도 문제가 되지 않는다. '지나간'과 '세월' '모두' '잊어버리게'가 나란히 설 때, 이 단어들의 배열이 만드는 특별한 울림은 일상의 언어를 넘어 문학의 언어가 되고, 아마도 그것이 지나갔지만 지난했던 모든 세월들의 어떤 보편을 건드렸을 것이라고 주먹으로 눈물을 닦으며 나는 생각했다.

서사는 기존의 질서가 훼손될 때 발생한다. 그것이 사람이든 사건이든, 견고한 일상의 어딘가에 틈이 벌어지는 곳, 그 곳에서 이야기는 출발한다. 그리고 그 이야기 위에 서정이 얹어질 때, 그러니까 서사와 서정이 만날 때 서정은 더욱 깊고 짙은 울림을 갖는다.

1979년 10월 26일 종로구 궁정동, 유신의 심장이 멈추던 그날 역시 하나의 서사가 끝나는 동시에 새로운 서사가 태어났을 것이다. 유신이라는 서사의 극적인 종말과 새로운 시대의 시작점이 된 그날의 궁정동 안가에서 심수봉은 노래를 불렀다. 그녀의 서정은 현실의 서사 위에서 더욱 서럽게 피어났을 것이다. 그날로부터 8년이 지난 1987년 〈사랑밖엔 난 몰라〉가 발표되었다. '지나간 세월'에 저 8년이 담겨 있는지는 확인할 수 없다.

79년의 그날 새롭게 시작된 커다란 이야기가 전부 어디로 흘러갔는지는 알 수 없지만 적어도 그중 아주 중요한 줄기 하나가 2016년의 여름, 서울의 한 대학교 교정으로 이어졌을 거라고 나는 생각한다. '미래라이프'라는, 마치 창조나 융합처럼 너도나도 유행처럼 갖다 붙이지만 누구도 그것의 의미를 알 수 없는 그런 이름의 단과 대학 설립에 반대하는 학생들이 대학 본관을 점거했고, 이를 진압하기 위해 무려 1,600명의 경찰이 투입되었으며, 비좁은 복도에서 경찰과 대치하던 학생들이 어떤 노래를 불렀고, 이 문제의 영상을 퇴근길 버스에 타고 있던 내가 보게 된 것이다. 그리고 아니나 다를까 또 눈물이 나버렸다. 버스에서 울다니. 너무 창피해서 창밖의 하늘만 쳐다봤는데 그래도 자꾸 눈물이 났다. 노래는 이렇다.

　　특별한 기적을 기다리지 마 눈 앞에선 우리의 거친 길은
　　알 수 없는 미래와 벽 바꾸지 않아 포기할 수 없어
　　변치 않을 사랑으로 지켜줘 상처 입은 내 맘까지
　　시선 속에서 말은 필요 없어 멈춰져 버린 이 시간
　　사랑해 널 이 느낌 이대로 그려왔던 헤매임의 끝
　　이 세상 속에서 반복되는 슬픔 이젠 안녕
　　수많은 알 수 없는 길 속에 희미한 빛을 난 쫓아가
　　언제까지라도 함께 하는 거야 다시 만난 나의 세계

107

나는 소녀시대를 잘 모르지만 적어도 이 노래 〈다시 만난 세계〉에 사랑이 있다는 것은 안다. 어쩌면 연대라도고 말할 수 있는, 절벽을 향해 돌진하는 델마와 루이스가 서로를 바라보던 눈빛과 굳게 맞잡은 손 같은, 수많은 알 수 없는 길을 앞에 두었을 때에 더욱 빛나고 야마는 무언가가 우리에게 있다는 것을 말이다. 그리고 이 서정이 발을 딛고 있는 시대의 질곡이 우리를 더욱 강하게 연결시키리라는 것을 말이다.

이 노래가 불린 이후의 날들은 알려진 바와 같다. 어처구니없게도 총장과 정권 사이의 커넥션이 드러났고, 꼬리에 꼬리를 물고 고구마 줄기처럼 터져 나온 비리와 유착과 부정의 끝에서 헌정사 초유의 대통령 탄핵이라는 서사는 완성되었다. 37년 전 그날 밤에 시작된 커다란 서사의 일부가 누구도 예상하지 못한 곳에서 밝혀지고 마무리 되는 순간이었다.

시대라는 서사 위엔 여전히 서러움이 있을 것이고 이 서러움의 서정은 피어나고 번져나가 마침내 어딘가를 울릴 것이다. 표면에 머무르는 반향이 아니라 마음속 깊은 곳을 파고드는 울림이 되어서 말이다. 그리고 이 울림을 경험한 사람들은 아마 이전으로는 돌아갈 수 없을 것이다. 한 편의 시가 주는 울림을 체험하게 되면 내 존재의 어딘가가 변화하기 때문이다. 소통되지 않는 모든 것들에 소통을 시도하기 위한 언어로서 시와 서정은 끊임없이 시도되고, 실패하고, 끝내 도달할 것이다.
지나간 세월이 고단하고 수많은 알 수 없는 길이 우리
앞에 있더라도 말이다.

몸의 생경함

주말 오후, 대학병원 로비는 한산했다. 입원 환자의 가족들이 드물게 나타나 양손 가득 짐을 든 채 병동으로 향했고, 선물세트를 손에 든 사람들 몇몇이 엘리베이터 앞에서 환자의 병세와 치료 경과에 대해 이야기했다. 근무를 마친 간호사들은 피로가 번진 얼굴로 삼삼오오 정문을 빠져나갔고 용역 회사에 소속된 미화원들이 청소 도구를 모아들고 로비를 가로질렀다. 이따금씩 들리는 낮은 소음들이 텅 빈 로비를 짧게 울린 뒤 흩어졌다.

저물녘의 비스듬한 햇빛이 서쪽 출입문을 넘어 로비 쪽으로 깊이 파고들었다. 평일이면 외래 환자들로 북적거리던 본관 1층 바닥에 긴 그림자가 깔렸다. 무채색의 병원 집기와 가구들 위에 짙은 노을빛이 덧칠되고, 각진 모서리를 따라 겹쳐진 그림자들이 어지러운 무늬를 그렸다. 하루가 또 지나가고 있었고, 그 하루를 견딘 수많은 사람들이 병원에 있었다.

13층 규모의 대학병원 1층에는 수납 창구와 외래 진료실이 모여 있었다. 2층과 3층에는 각종 검사실과 수술실, 중환자실이 있었고, 그 위층으로는 전부 입원 병동이었다. 주말이라 한적한 1층과 달리 병동은 늘 환자와 보호자들로 가득 찼고 그들을 돌보는 의료진들과 관리 인력들이 각자의 자리에서 분주히 움직였다. 수술을 마친 환자들이 짧은 회복 기간을 병동에서 보내고 퇴원하면, 곧이어 또 다른 입원 환자가 그 자리를 대신

했다. 퇴원하는 환자의 숫자만큼 새로운 환자들이 병동을 찾고 있었다. 같은 병명을 가진 환자여도 병세는 제각기 다른데다 고통이란 결국 홀로 감당하는 것이어서 모든 고통은 새로운 고통이었다. 살아 있어 아플 수 있는 것이겠지만 아픔은 삶을 향하지도, 죽음을 향하지도 않은 채로 그저 나타나 사라지는 듯했고, 끊임없이 나타나는 개별의 아픔을 바탕으로 병원은 숨가쁘게 순환하고 있었다.

병원은 경기서남부 지역을 담당하는 네 개의 상급종합병원 중 하나였다. 전국에 있는 9만여 개의 의료기관 중 마흔두 곳의 병원만이 상급종합병원으로 지정되어 있었다. 9만개 중 42개는 체계적이고 집약적인 숫자였다. 촘촘하게 연결된 수만 개의 병원들이 섬세한 체계를 이루고 있었고, 그 체계의 작동과 집중 위에서 사람들의 삶과 생활이 지탱되고 있었다. 병상의 수, 진료과목, 인력과 장비, 시설과 환자 구성 비율 등을 고려하여 3년마다 자격이 재지정 되었고, 이를 위해 병원은 일정 진료과목 수와 담당 전문의를 확보해야만 했다. 상급종합병원의 지위를 유지하는 일은 병원의 생존 문제였다. 환자의 생사를 감당하는 것과 동시에 병원들은 스스로의 생존을 위해 고투하고 있었다.

병원에 처음 간 것은 지난 명절 연휴 첫날이었다. 대학 수시 모집 기간 마무리와 함께 명절 연휴가 시작되었고, 연휴 첫날 홀로 집에서 눈을 떴을 땐 이미 허리를 펴기도 힘들 만큼의 통증을 느끼고 있었다. 일 년 동안 쌓인 스트레스가 원인이었고 위염이 심하게 진행되어 궤양에 이른 상태였다. 통증은 날카롭고 깊었다. 몇 달 전부터 속쓰림과 소화불량이 지속됐었고 체중이 십 킬로그램 가까이 줄었는데도 미련하게 버텨서 병을 키운 것이었다. 수시 원서 접수 기간이 끝남과 동시에 마음을 옥죄고 있던 긴장이 풀리자 그동안 쌓여 있던 통증이 밀물처럼 몰려왔다. 집 앞 편의점에서 급하게 진통제 몇 알로 통증을 가라앉힌 후 간신히 시외버스를 타고 본가에 올라온 나는 곧바로 응급실로 향했다. 그것이 이 병원 첫 방문이었다.

명절 연휴의 대학병원 응급실은 그야말로 북새통이었다. 추석 연휴 나흘 동안 시는 비상진료체계를 유지하기 위해 관내 몇 개의 병원과 약국을 응급의료기관으로 지정했고 사고를 당하거나, 지병이 악화되거나, 갑작스레 아프거나 하는 사람들이 병원 응급실로 모여들었다. 저마다의 질병과 고통으로 수많은 사람들이 응급실의 안팎을 채우고 있었는데, 병명과 증세가 서로 달랐음에도 사람들의 표정은 비슷해 보였다. 깨진 유리 파편이 온몸에 박혀 신음하는 환자의 옆으로 비교적 증세가 가벼운 환자들이 대기 중이었는데, 대기 중인 환자 중 한 사람은 반쯤 절단된 손가락을 감싸 쥔 채 아픔을 참고 있었다. 아픔은 공유되지 않았고, 공유할 수 없는 고통을 지켜보는 환자의 보호자들이 또 다른 아픔을 견디고 있었다.

응급실 침상에 누워 있는 내게 젊은 의사가 다가와 간단히 증상을 물은 뒤 복부의 이곳저곳을 눌러 보았다. 의사의 헝클어진 머리카락이 기름져 있었고 사무적인 친절이 표정과 말투에 배어 있었다. 나는 천장에 매달린 두 줄의 흰 형광등에 시선을 고정한 채 의사의 손끝이 닿는 언저리마다 솟아나는 통증을 견디고 있었다. 내 왼팔에 주삿바늘을 꽂고 있던 간호사가 정확하고 건조한 동작으로 처치를 마무리했다. 주사가 들어가면 통증은 곧 나아질 것이고, 그 후에 위내시경 검사가 있을 거라고 간호사가 덧붙였다. 몸 안으로 약이 스며드는 동안 내가 견뎌야 할 것은 통증만이 아니었다. 낯선 장소와 낯선 사람, 응급실의 차갑고 공업적인 감각들, 그들에 둘러싸인 채 천천히 흘러가는 시간을 나는 견뎌야 했다. 통증은 느리고 더디게 잦아들었다.

링거를 맞으며 누워 있는 동안 내가 느낀 것은 내 몸의 구체적인 실재였다. 생과 사, 탄생과 죽음은 내게 모호한 관념의 테두리 안에서만 겨우 짐작되는 것이었다. 생의 이면엔 항상 죽음이 자리했음에도 죽음은 언제나 아득히 멀고 희미했다. 응급실에 있는 동안 나는 뼈와 살로 이루어진 물리적 존재로서 내 몸을 이해할 수 있었다. 그것은 태어나 성장하고, 나이가 들어가고, 기능을 잃은 몸이 조금씩 망가지고, 끝내 모든 생의 징후가 사라지는 일련의 과정들을 현실의 일부로서 실감하는 순간이었다. 언제든 부서지고 망가질 수 있는 존재. 몸의 질병과 통증은 내게 삶과 죽음을 관념의 자리에서 감각의 영역으로 끌어내린 매개였고, 나는 이 낯선 전환을 거대한 병원 한구석에 웅크리고 누운 채 경험하고 있었다. 희고 뻣뻣한 시트의 질감 위에서 내 몸은 살아서 작동하고 있었다.

기사를 처음 본 건 몸을 회복하고도 한참이 지난 어느 날이었다. 몇 개의 기사와 이어지는 보도 속에서 사람들의 몸과 목숨이 부서지고 있었다. 관련된 통계와 자료들을 찾아 읽는 동안 지난 응급실에서의 기억들이 화면 위로 겹쳐졌다. 산업화된 의료체계의 커다란 익명성 안에서 나는 오히려 몸과 생명의 구체성을 실감할 수 있었지만, 병원 밖 또 다른 자본의 현장에서 누군가의 생명은 지워지고 있었다.

2018년 12월 11일 새벽, 화력발전소 현장에서 컨베이어 벨트를 점검하던 스물다섯 살의 비정규직 직원이 벨트에 몸이 끼여 숨졌다. 입사한 지 3개월 만이었다. 안전을 위해 2인1조 근무가 원칙이었으나 지켜지지 않았고, 홀로 사고를 당한 뒤 4시간 동안 방치되었다. 진상 규명과 사고 재발 방지를 위해 특별노동안전조사위원회가 꾸려졌고 노동자 직접고용 정규직화, 노무비 착복 금지 등의 권고안을 포함한 22개 항목 715쪽 분량의 조사보고서가 2019년 8월 제출되었다. 이후에도 권고안의 대부분은 현장에서 지켜지지 않았다.

2018년 4월 4일, 인천의 기계식 주차설비 건설 현장에서 일하던 김모씨(22세)가 19m 높이에 올라 철골 구조물을 콘크리트 벽에 고정하던 중 지하 2층 바닥으로 추락해 숨졌다. 발판의 폭이 13cm에 불과했고 안전대를 착용하고 있었으나 벨트에 달린 고리를 걸 설비가 없어 무방비 상태로 작업 중이었다.

2019년 9월 24일 오전, 타워크레인 보조기사 박모씨(31세)가 현장의 지반 침하로 넘어지는 타워크레인에서 탈출하지 못하고 끼여 숨졌다. 타워크레인 장비 사용 매뉴얼에 따른 안전 지침은 현장에서 지켜지지 않았다. 높아질 산재 보험료와 향후 공사 입찰에서 받을 불이익을 우려한 원청 업체 직원이 장례식장에 찾아와 고인이 근로 계약 조건이 불명확한 수습사원임을 설명한 뒤 산재를 신청하지 않는다는 조건으로 보상금에 합의할 것을 종용했다. (2019년 경향신문 특별기획 기사 '매일 김용균이 있었다'에서 발췌 후 재구성)

통계에 따르면 한 해 평균 2,000명 가량이 산업재해로 사망하고 있었다. 하루에 5명씩, 높은 곳에서 떨어지거나 기계에 몸이 끼이거나 전기에 감전되거나 유독가스에 질식해 세상을 떠나고 있었다. 사고의 원인과 이에 따른 대책에 대해 언론은 주목하지 않았고, 보도된다 하더라도 쉽게 잊혀졌다. 재해 사망자 대부분이 하청 업체에 소속된 비정규직 노동자였고, 다단계 하도급 구조 안에서 안전 관련 비용은 가장 먼저, 가장 쉽게 절감되는 비용이었다. 사고 책임을 지닌 관련 업체들은 원인 파악과 예방보다는 원청과 하청 사이에 책임을 미루는 일에 주력했고, 문제를 제기하고 대책 마련과 개선을 꾸준히 요구해온 노동자 측의 목소리에 관련 부서와 정부는 소극적으로 대처했다. 그러는 사이에도 매일 5명씩, 어딘가에서 죽음이 이어지고 있었다.

2,000이라는 숫자 앞에서 개별의 삶과 죽음의 구체성은 가려지고 잊혀졌다. 한 사람의 죽음이 숫자로 치환된다는 것은 이 죽음과 저 죽음이 구분되지 않는다는 뜻이었고, 구분할 수 없는 죽음들이 일상이 되고, 세상이 그들의 죽음에 무뎌져 갈수록 모든 죽음은 자연사가 되어가는 듯했다. 그들의 죽음은 스스로의 서사를 확보하지 못하고 있었다. 어떤 삶을 살아왔는지, 그들이 가진 삶의 소망과 행복은 무엇이었는지, 죽음을 예상하지 못했을 그날의 아침은 어떠했는지, 그들의 흔적은 세상에 어떻게 남았는지, 그들의 이야기는 아마도 기억되지 않을 것이었다.

이야기는 언제나 무언가를 가진 사람들에게만 허락되었다. 그것이 자본이든 권력이든, 무언가를 가진 사람들은 사람들 앞에 서서 자신의 이야기를 했다. 그들은 그들의 진심과 사정을, 입장과 어려움을, 문제를 해결하기 위해 노력하고 있음을 몇 개의 약속들과 함께 이야기했고, 그 말은 결국 아무것도 변하지 않을 것이라는 말과 비슷해 보였다. 그들의 말은 앞으로 나아가기 위한 말이 아니었고, 누군가의 삶이 무너져 내린 폐허 위에 자신의 삶을 세우려는 말일 뿐이었다.

산업재해 사고 사례와 통계 자료를 보면서 나는 화면 너머 세상의 어딘가에 있었을 2,000명의 몸을 떠올렸다. 부서지고 끊어지고 찢어졌을 수천 개의 몸. 통계와 숫자 뒤에서 엄연히 살아있었을, 살아서 움직이며 생활을 꾸려왔을 몸. 그 몸들이 겪었을 선명한 고통을 상상하는 일은 참혹하고 섬뜩한 일이었다. 그리고 그들의 죽음이 죽음으로서 존중받지 못하고, 스스로의 죽음으로부터 소외된 채 기삿거리로 소비되고 있다는 사실 또한 참혹한 일이었다. 그럼에도 불구하고 여전히 변하지 않은 세상에서 또 다른 2,000명의 삶이 사라질 것이라는 예견은 더욱 참혹한 것이었다. 겹겹으로 겹쳐진 참혹함 사이에서 나는 최승자의 시를 떠올렸다.

원론과 원론 사이에서
야구방망이질 핑퐁질을 해대면서
중요한 것은 죽음도 삶도 아니었다
중요한 것은 삶 뒤에 또 삶이 있다는 것이었다
죽음 뒤에 또 죽음이 있다는 것이었다

시는 중요한 것이 무엇이냐고 묻고 있었다. 삶과 죽음 그 자체보다도 삶 뒤에 또 다른 삶이 이어질 것이라는 것, 죽음 또한 그러할 것이며 수많은 삶과 죽음들이 서로 이어진 채로 세계가 지속될 것이라는 것, 따라서 과거보다도 앞으로의 세상이 더 중요한 것이라고, 그러니 원론과 원론 사이에서 핑퐁질만 하지 말고 우리 눈앞의 구체적인 삶에 주목해야 한다고, 말하지 않아도 없는 것은 아닌 누군가의 삶과 죽음이 중요하다고 시는 말하고 있는 듯했다.

더 이상의 죽음을 막기 위해, 약자에게 죽음의 위험과 고통이 전가되는 고리를 끊어내기 위해, 우리가 먼저 해야 할 일은 익명으로 사라져간 수천의 삶을 온전히 복원해 내는 것일지도 모른다. 그들에게 이야기를 돌려주고, 그들의 삶을 회복시키고, 그들의 이야기를 함께 기억하는 것만이 우리를 각자도생의 지옥으로부터 벗어나게 하는 방법일지도 모른다. 그렇게 함으로써 우리는 가까스로 타인의 고통에 반응할 수 있게 될는지도 모른다.

타인의 삶을 세심하게 들여다보는 것, 서로가 서로의 삶을 온전하고 충분하게 바라보는 것, 숫자나 비용 이전에 그 뒤에 있을 누군가의 삶을 생각하는 것. 그것이 이루어질 때, 나무들 사이의 풀처럼 숲 사이의 오솔길처럼, 말하지 않아도 어딘가에 있을 모두의 삶이 조금 더 선명한 빛깔을 찾을 수 있을 것이다.

돌아온다는 것

나의 첫 근무지는 호수가 많고 안개가 자주 끼는 작은 도시였다.

겨울에서 봄, 봄에서 여름, 계절의 경계가 흐릿해질 때마다 새벽의 들판 위로 묵직한 습기가 차올랐고, 밤을 머금은 호수가 먹빛으로 캄캄했다. 그런 아침이 오면 밖으로 나가 유영하듯 천천히 걸어 다녔다. 길은 서늘하고 축축했다.

익숙하지 않은 도시를 기웃거리며 걷는 동안 지나가 버린 시간 같은 것들을 생각했다. 어느새 시간이 흘러 여기에 와 있다는 새삼스러운 자각이 더딘 걸음에 맞춰 천천히 밀려왔다. 먼 곳에 와 있었고, 긴 시간을 통과해 도착한 곳이었다.

어릴 적 살았던 동네에 가보고 싶다는 생각을 한건 이듬해 봄이었다. 학교 건물 뒤편으로 시야를 가득 채우며 넓게 펼쳐진 배 밭이 있었고, 해마다 봄이 오면 하얀 배꽃이 꿈처럼 흐드러졌다. 수업이 없는 틈을 타 뒷마당으로 나가 배꽃들을 구경하던 어느 오후, 내가 살던 동네가 이곳에서 가깝다는 사실을 문득 떠올렸다. 순하고 조용한 동네. 기억의 깊은 곳에서 갑작스레 불려나온 학교와 놀이터와 언덕과 담벼락의 모습들이 내 유년기의 조각들과 함께 흰 배꽃 위로 겹쳐졌다. 잊고 지냈다는 사실조차 잊고 있던 기억 속 동네가 그리 멀지 않은 곳에 있었다.

이십 년 만이었다.

주말 아침, 눈을 뜨자마자 주섬주섬 옷을 챙겨 입고 B시로 향했다. 버스 정류장이 있던 삼거리에 도착해 주변을 돌아봤다. 정류장 옆 이발소와 건너편 식당 자리엔 새 건물이 들어서 있었고, 파출소와 은행은 기억 속 모습을 간직한 채 그 자리에 있었다. 저만치엔 철로가 새로 놓였고 오락실이 있던 자리는 공터가 되어 있었다. 공터 구석에 서서 나는 한참을 두리번거렸다. 도로가 되어버린 골목과, 아파트가 들어선 주택가 사이로 기억 속 동네의 흔적들이 군데군데 남아 있었다. 어째서 배꽃을 보다가 여기를 떠올렸는지, 왜 와보고 싶었는지 이유는 모르겠지만 시간의 흔적들로 덧칠된 동네의 모습은 낯설면서 또한 익숙했다. 새로운 풍경과 오래된 풍경이 뒤섞인 그곳에서 내 기억의 안과 밖이 마주 닿았다. 변한 것들은 변했고, 변하지 않은 것들은 그대로 있었다. 그리고 많은 것들이 어딘가 조금 작아져 있었다.

공터를 벗어나 어릴 적 다니던 등굣길을 걸어 학교에 갔다. 학교는 기억보다 가까웠다. 넓은 들판을 옆에 낀 마을 길을 지나 야트막한 집들이 늘어선 도로를 따라 느릿느릿 걷던 등굣길. 조금은 들뜬 마음으로 성큼성큼 걸어가는 동안 약간의 기대를 품기도 했던 것 같다. 학교 앞 문방구는 지금도 있을까. 책 읽는 소녀 동상과 구름다리는 그대로 있을까. 후문 뒤편으로 가늘게 이어진 시골길과 길 옆 언덕에서 쑥이나 냉이를 뜯던 동네 사람들의 모습이 봄의 풋내를 따라 몸속으로 스며들듯 떠올랐다. 오래된 기억 속에서 길은 또 다른 길과 이어지며 끊임없이 새로운 풍경들을 불러내고 있었고, 현재의 풍경 위에 낡은 기억들을 덧씌우는 동안 나는 자꾸 아득해졌다. 아마 변한 것은 변했을 것이고, 변하지 않은 것들은 그대로 있을 것이었다.

동네의 작은 골목과 거리를 걸어다니며 내가 경험한 것은 아무래도 시간이었다. 수십 년 전 내가 서 있던 그 자리에 지금의 내가 다시 섰을 때, 고유했던 각각의 시간들은 하나의 작은 바탕 위에서 새롭게 연결되었을 것이다. 이곳을 떠난 내가 어딘가에서 수많은 날들을 살아가는 동안에도 나와 이곳이 줄곧 같은 시간을 공유하고 있었다는 실감. 그렇게 나의 바깥에서 흘러간 시간들을 마주하고, 그 시간의 두께와 빛깔을 통해 다시 나의 지난 시간을 바라보게 되는 것. 길을 걸으며 그 시절의 나와 지금의 나 사이의 거리를 가만히 느끼는 동안 삶이 조금은 낯설게 느껴졌다. 가늘지만 분명하게 이어져 온 시간의 선 위에서 나의 삶은 시간의 단면 위에서보다 조금 덜 가난해 보였고, 조금 더 이해할 만한 것이었다.

멀어지려 할수록, 벗어나려 할수록,
결국 돌아온다는 것.

먼 길을 지나 출발점으로 돌아오는 이야기를 좋아한다. 현재로부터 또는 무언가로부터 벗어나기 위해 긴 시간과 노력을 들여 간신히 도착한 곳이 결국 출발점이었다는 이야기. 문제로부터 벗어나려는 모든 시도가 결국 다시 문제로 회귀하는 과정일 뿐이었다는 이야기. 그런 이야기의 끝이 허무나 체념에 도달하는 것이 아니라, 그것을 넘어 눈앞의 사실을 직시하는 태도로 나아가게 될 때에 느껴지는 강인함. 그런 것들이 담겨 있는 이야기를 나는 좋아한다. 그것은 아마도 모든 종류의 결여를 대하는 하나의 태도로서 내게 소중했기 때문일 것이다.

나에게 결여된 것. 결핍을 대하는 태도는 결국 삶을 대하는 태도와 같은 말일지도 모른다. 나에게 없는 것, 내 안에 비어 있는 공간을 끊임없이 채우고자 욕망하는 것이 인간이며, 욕망은 삶의 모든 선택의 순간마다 판단의 기준이 되기 때문이다. 그리고 수많은 선택들을 모아놓은 결과물은 결국 나의 삶 자체와 다르지 않을 것이다. 그래서 결핍을 어떻게 대하는지의 문제는 곧 삶 전체를 어떻게 대하는지의 문제가 되고야 만다.

벗어나거나 외면할 수가 없는. 결국엔 돌아오고야 마는 곳. 출발점인 동시에 도착지가 되는 곳. 그 사실을 받아들이고 있는 그대로의 나 자신을 마주하는 것. 결여를 극복하는 것이 아니라 결여를 끌어안은 채로 그것과 공존하는 방법을 터득하는 것. 근원으로 회귀하는 이야기를 읽으면서 나는 나의 결여를 바라보는 방법을 조금씩 배울 수 있었다. 그것을 바라보기 위해서는 삶을 바라봐야 했고, 그러기 위해 스스로의 삶으로부터 약간의 거리를 두어야 했다. 동네를 돌아보며 잠시 동안 낯설어진 나의 삶은 나에게 그 거리를 확보해주었고, 그것은 삶에 대한 나의 태도를 바꿔볼 수 있는 잠깐의 기회이기도 했다. 걷고 또 걸으며 나는 천천히 내 안의 빈 자리를 들여다보았다.

동네를 떠나기 전 마지막으로 내가 살았던 집에 들렀다. 지나간 세월 만큼이나 낡아 있었고, 지나간 세월에도 불구하고 어딘가는 여전했다. 하나씩 기억을 되새기며 천천히 단지를 돌아다니다가 어떤 장면 앞에서 걸음을 멈췄다. 낡은 아파트 외벽 아래 작은 평상이 하나 있었고 남자 노인 둘이 같은 방향을 바라보고 앉아 막걸리를 마시고 있었다. 서로 별다른 말은 없었고 저 멀리 어딘가를 그냥 보고 있는 것 같았다. 늦은 오후의 노을이 꽤나 보기 좋았는데 아마 노인들이 말이 없어서일 거라고 나는 생각했다. 멀찍이 서서 함께 노을을 구경하는 동안 시간이 잠시 더디게 흘렀다.

다시 돌아가는 길

동네에 다녀오고 얼마 뒤 부모님 집에서 저녁을 먹었다. 저녁을 먹으면서 동네에 갔던 얘기를 했다. 거기는 어떻게 변했고, 다른 데는 또 어떻게 변했더라는 얘기를 한참 동안 늘어놓았다. 순서도 뒤섞이고 두서도 없었지만 가족 모두가 기억하는 어떤 시절의 풍경을 추억하기엔 그럭저럭 충분한 듯싶었다. 내 얘기가 끝나갈 때쯤, 식사를 하며 가만히 듣고 있던 엄마가 말했다. 나도 고향에 가보고 싶다고.

엄마의 고향은 버스도 잘 다니지 않는 깊은 산골이었다. 나는 한 번도 가본 적이 없었지만 가끔씩 엄마가 고향 얘기를 꺼낼 때면 천천히 머릿속에 그 모습을 그려놓곤 했다. 구불구불 이어진 좁은 농로를 따라 한참을 들어가야 나오는 작은 동네. 고향에 가보고 싶어 하는 엄마의 마음이 어릴 적 동네를 찾아간 나의 마음과 얼마나 닮아있을지 알 수는 없었지만, 그 마음에 그리움이나 추억만 있는 것은 아니었을 거라고 생각했다. 돌아가보고 싶은 마음, 잠시라도 그곳으로 돌아가 흘러가는 시간을 보내고 싶은 마음. 설명할 수 없는 끌림. 고향을 말하는 엄마의 담담한 목소리엔 아마 그런 마음들이 담겨 있었을 거라고 짐작했다.

내가 엄마의 고향에 처음으로 가보게 된 건 시간이 한참 지난 뒤였다. 외할머니께서 생전에 소망하신 대로 고향에서 당신의 장례를 치르기 위해서였다. 엄마의 고향은 나의 상상보다 소박하고 아늑했다. 얕은 봉우리의 능선들이 흘러내려 골을 이루고 있었고, 그 끝자락에 점처럼 흩어진 집들이 주저앉아 작은 마을을 이루고 있었다. 이 골에서 피어난 할머니의 삶이 저 멀리까지 나아갔다 돌아오는 길은 길고 고단했을 것이나 편안해 보였다. 할머니가 고향으로 돌아오는 날, 마을엔 닷새만에 비가 그치고 해가 났다. 길 위로 퍼지는 상여꾼의 요령소리를 들으면서 나는 삶이 산책 같다고 생각했다. 검고 흰 나비 몇 마리가 상여 행렬을 내내 따라다녔다.

   장례를 모두 마치고 집으로 돌아오는 택시를 탔다. 창밖으로 처음 보는 동네의 풍경들이 지나갔다. 낯선 동네들과 그곳에서 살아가고 있을 누군가는 상상하다가 나도 그들 중 하나일 뿐이란 생각도 들었다. 각자 어디로 돌아가게 될지는 모르겠지만, 그 길이 그저 안녕했으면 좋겠다고 창문에 기댄 채로 생각했다. 운전을 하던 기사님이 누군가에게 전화를 걸었다.

   "어디쯤이야? 오늘 많이 벌었어?"
   "창밖에 좀 봐봐. 보름달이 떴는데 포슬포슬하니
     예뻐."

말들의 흐름 8

농담과 그림자
Jokes and Shadows

1판 1쇄 펴냄 · 2021년 6월 15일
1판 3쇄 펴냄 · 2022년 3월 21일

지은이 · 김민영
펴낸이 · 최선혜

편집 · 최선혜
디자인 · 나종위
인쇄 및 제책 · 스크린그래픽

펴낸곳 · 시간의흐름
출판등록 · 2017년 3월 15일
            (제2017-000066호)
주소 · 서울시 마포구 토정로 33
Email · deltatime.co@gmail.com

ISBN   979-11-90999-07-6 04810
       979-11-965171-5-1(세트)